中川右介

# 昭和45年11月25日

## 三島由紀夫自決、日本が受けた衝撃

GS

184

JN263240

死んだ作家は、かれ自身の全体が生者へのメッセージにかわる。生き残った者たちは、望むと望まぬとにかかわらず、滅びた肉体の遺したメッセージを受けとめねばならぬ。

——大江健三郎「死者たち・最終のヴィジョンとわれら生き延びつづける者」より

# はじめに

一九七〇年＝昭和四十五年は、昭和のオールスターが揃っていた年だ。

昭和天皇はまだまだ元気だったし、内閣総理大臣は最長在任記録を持つ佐藤栄作、自民党幹事長は田中角栄、防衛庁長官は中曽根康弘、警察庁長官は後藤田正晴だった。最強の布陣ではないか。

文学界も芸能界も、老壮青それぞれの世代にスターがいた。さらにその下にやがて芽を出す無名の青少年たちもいた。

そのなかで、最前線にして最高位にある人が、突然、死んだ。

その日――一九七〇年十一月二十五日、作家三島由紀夫は市ヶ谷の自衛隊駐屯地に彼が結成した私的軍隊である「楯《たて》の会」のメンバー四人と共に乗り込んだ。東部方面総監を人質にとり、自衛隊員を集め、三島は演説をして決起を呼びかけた。しかし、誰も呼応せず、クーデターは失敗に終わった。三島はその直後に割腹《かっぷく》、楯の会の同志である森田必勝（戸籍上は「まさかつ」だが、本人は「ひっしょう」と読まれることを希望していた）が介錯《かいしゃく》し（さらに別の者によって首は刎《は》ねられた）、その直後に森田も割腹し、楯の会の同士が介錯した――これが、世に言う「三島事件」である。ひとによっては、「楯の会事件」と呼ぶ。

おそらく、現在五十歳前後以上の多くの日本人が、この日にどこでどのようにあの事件を知ったかを語ることができるはずだ。

ちょうど、七十歳以上の人ならば一九四五年八月十五日について語ることができるように。あるいは、アメリカ人ならば一九六三年十一月二十二日や二〇〇一年九月十一日について語ることができるように。

しかし、よく考えてみれば、八月十五日は日本人だけでも数百万の命が喪われた戦争が終わった日だし、九月十一日も数千人が亡くなり、さらにその後の戦争にもつながる日だ。喪われた命はひとつだが、一九六三年十一月二十二日は世界最強の国の最高権力者が暗殺された日だ。これらに比べれば、一九七〇年十一月二十五日は、一人の作家が同志と共に自殺したにすぎない。戦争が終わったわけでも始まったわけでもないし、大統領が交代したわけでもない。クーデター未遂事件としての側面も持つが、まさに未遂に終わった事件である。それなのに、なぜ、かくも多くの人が、饒舌にあの日のことを語るのか。

やはり、あの日によって、何かが終わった、あるいは何かが始まったとの意識——それは、日本が変わったということでもあり、それぞれの個人にとっても何かが変わった、変わらざるをえなかった日だとの意識があるからなのか、単に衝撃的だったからなのか。

まず、三島由紀夫という存在を確認しておく必要がある。

二十一世紀初頭の日本においても、ベストセラー作家や国際的な評価を得ている作家ならば何人もいるが、三島のような存在はいない。三島由紀夫は、単なる人気作家ではなく、あの時代のスーパースターだった。こんなデータがある。当時八十万部を発行していた若者向きの雑誌「平凡パンチ」が、一九六七年春に「現在の日本でのミスター・ダンディ」は誰かを読者投票で選んだ結果、総投票数一一万一一九二のなかで、三島は一万九五九〇票で堂々の一位だったのだ。二位以下は、三船敏郎、伊丹十三《じゅうぞう》、石原慎太郎、加山雄三、石原裕次郎、西郷輝彦、長嶋茂雄、市川染五郎（現・松本幸四郎）、北大路欣也《きんや》である（『平凡パンチと三島由紀夫』椎根和著より）。つまり当時の青年にとって、三島は映画スターやスポーツ選手よりも人気があったのだ。

そういう人が「自殺」しただけでも大事件だが、その死に方が、自衛隊に乗り込み、割腹し、さらに介錯されて首が胴体から離れたわけだから、その衝撃度の大きさは途《と》轍《てつ》もないものだった。

事件は猟奇性でも衝撃を与えた。当日の朝日新聞の夕刊にはモノクロームではあったが、直後の総監室の写真が掲載され、そこには三島と森田の首が床に並んでいるところまで写っている。テレビでも首が一瞬映ったらしい。

実際の切腹シーンは現場にいた楯の会の四人と、人質の総監しか見ていないわけだが、映画『憂国』の切腹シーンや写真などで、すでに多くの人の脳裡には三島が切腹するシーンが焼き付いていたので、実際の切腹場面を見たかのように感じた。

このように話題性のある死に方だったが、さらに大きな謎が待っていた。その自決の目的が誰も明快に説明できなかったのだ。

「三島由紀夫は、自衛隊東部方面総監室に乗り込み、総監を人質にとり、自衛隊員を集めて演説することを要求。集まった自衛隊員の前でクーデターを呼び掛けるが、誰もそれに応じなかったので、総監室に戻り、自決した」というのが、事件のあらましだ。これは事実なのだが、ミスリードしやすい内容でもある。当時の状況を知らない人が読むと、三島は「クーデターが失敗したので自殺した」と思うだろう。だが、そうではない。

三島はクーデターの成功はまったく考えていなかった。どのように切腹し介錯してもらうかについては綿密に計画を立てていたが、もし自衛隊員が「そうだ、そうだ、三島さんについていこう」と決起した場合のその後の計画は何もなかったのだ。本気でクーデターを考えるのであれば、どの部隊をどう動かし、皇居、総理大臣官邸、国会、放送局などをどのように制圧するかといった軍事面と、政権掌握後の憲法改正までの政治スケジュールなど、膨大かつ緻密な計画が必要だが、そんなものは何もなかった。

三島はクーデターの失敗を前提として、この日の行動計画を立てた。逆に言えば、最初に自殺することが決まっており、自衛隊員に向かって演説すること、さらに演説するために総監を人質にとることなどは、その後で考えられていったのだ。

そのため、芸術家特有の芸術的・美学的な自殺だったという説や、いやクーデターは本気だったという説など、さまざまな説が氾濫した。謎が謎を呼び、話題が話題を呼んだ。誰もが何かを語りたくてしょうがない事件となった。

その一方、沈黙を守る人もいた。同業の文学者や左翼系文化人の中には、自分たちが書斎に閉じ籠り偉そうに書くだけで、街頭に出て行動しないことに負い目を感じていたので、命を賭して派手に行動した三島を無視し、沈黙した人も多い。

世界的にも冷戦の最中であり、日本国内では東京をはじめとする大都市で革新自治体が生まれ、学生運動も激化していた。左右が激突している時代だった。

こうした時代背景のもとでの、超有名人の突然の猟奇的・政治的・文学的・美学的な死だったのだ。

人々が興奮するのも、当然だった。

本書には、約百二十名の人物が登場する。当時すでに有名だった人もいれば、無名の青年もいる。三島由紀夫と親しかった人もいれば、まったく面識のない人もいる。

「百二十」という数字には、深い意味はない。二百五十頁から三百頁の本にしようと思い、ひとりあたり二頁か三頁ということで、逆算して、百人を目標としていたら、結果として百二十人になった。

記述の基本方針は、当人が何らかのかたちの文章に書き、公にしている文献で、一九七〇年十一月二十五日に当人がどこで何をしていたのかが明記されているものを典拠とした。しかし、なかには第三者による証言、あるいは第三者が取材して明らかになった事実も含まれる。

こうやって、「百二十人の一九七〇年十一月二十五日」を集め、それをもとに同一スタイルの文章で再構築し、なるべく時系列順に並べた。

登場する人物の一覧は、巻末に参考文献と共に掲げた。

これがあの日の「すべて」だとも、あの日の「縮図」だとも言うつもりはない。

ただ、あの日、というかあの時代の雰囲気は伝わっているのではないかと思う。

すべてが大袈裟で、熱く興奮に満ち溢れていた濃い日々だった、と。

なお、この本では、ミステリ――それも叙述トリックのミステリの好きな方であれば、気づくはずのトリックを仕掛けた。その種明かしは「あとがき」でする。

# 本書の記述について

・典拠については文中になるべく示したが、巻末にも全て列記した。

・《 》でくくった部分は、出典からそのまま引用した部分である。ただし、三島由紀夫の文章及び入江相政の日記以外は、新字・新仮名遣いにした。

・《 》内での〔 〕は著者による註である。

・複数の文献で異同のある事柄については、そのつど示した。書く、あるいは語る時期によって記憶が変わってくることもまた、何かを物語っていると思う。

・四十年前なので、現在のマスメディアでは「禁止」されているような言葉が使われているが、歴史的資料として、そのまま引用した。

・登場人物のほとんどが、作家あるいは演劇・映画の関係者である。彼らは、創作＝嘘をつくことを仕事としているせいか、フィクションではないはずのエッセイや日記あるいは自伝・回顧録でも、サービス精神ゆえに話を面白くしてしまう傾向があるようだ。周知の事実との整合性に疑問のある場合は指摘したが、その人物を批判しているわけではない。

# 昭和45年11月25日／目次

プロローグ

# 前日の予兆

### 毎日新聞社、「サンデー毎日」編集部

毎日新聞社が発行する「サンデー毎日」は、毎週火曜日が編集会議の日だった。

十一月二十四日火曜日も昼過ぎから編集会議が開かれていた。その週の担当デスクだった徳岡孝夫によると、一時を過ぎても、《編集会議はダラダラ続いて、企画案はすでに出尽した観があった。》その時、ドアが開き、会議に出ていない経理担当の社員が、徳岡に電話がかかっていると伝えた。

徳岡が席を立ち、デスクに向かうと、その経理の女性社員は「三島由紀夫さんからよ」と伝えた。徳岡が受話器をとると、「三島です」と朗らかな声が聞こえた。

「こないだは楽しかった」などのやりとりの後、三島は本題に入った。

「実は、明日十一時にあるところに来てほしいんです」。そして、このことは口外するなとも言う。徳岡は「いいですよ」と応じた。

あまりにも簡単に徳岡が承諾したので、三島は拍子抜けしたようで、一瞬の間があった。

「純粋に私事なので、恐縮ですが」と言って、だが、「女性週刊誌がとびつくようなスキャンダルでないことだけは保証します」と続けて、含み笑いをした後、「おいで願う場所は、あす朝十時に編集部へ電話で指示します。それから、毎日新聞の腕章と、できたらカメラを持って来

て下さい」と言った。

徳岡は、カメラはともかく、腕章を持って来いとは妙な話だと思った。

《三島さんが何かを仕組んで、ひょっとすると私はそこへ登場人物の一人として出演するのかもしれない（と、そのときは思った）。》

徳岡はこの年、四十歳。京都大学文学部英文科卒業後、フルブライト留学生としてアメリカに留学した後、毎日新聞社に入り、社会部を経て、この時期、「サンデー毎日」編集部にいた。

徳岡が三島を最初に取材したのは、一九六七年五月。三島が自衛隊に一カ月半にわたり体験入隊したとの情報を得て、インタビューすることになったのだ。その後、徳岡はバンコク特派員となったが、その六七年の秋、三島がノーベル文学賞の候補者らしいと報道される。その時、三島は『豊饒の海』の第三巻「暁の寺」の取材でバンコクにいた。そこで、徳岡は三島を探し、再会した。最初は取材のためだったが、三島とはバンコクで何日も一緒に時を過ごし、プライベートでも親しくなったのだ。

### 最高裁判所内、司法記者クラブ

ＮＨＫ記者の伊達宗克《むねかつ》は、この日も持ち場である司法記者クラブに詰めていた。

司法記者クラブは最高裁判所の中にある。当時、最高裁は霞が関の旧大審院庁舎にあり（現在の東京高裁と東京地裁のある場所)、現在の千代田区隼町《はやぶさちょう》に新庁舎が竣工《しゅんこう》されるのは一九七四年のことだ。

伊達が「週刊現代」十二月十二日増刊号に書いた手記には、三島からの電話があったのは、「夕方」とあるが、安藤武著『三島由紀夫「日録」』では、午後二時頃となっている。

《受話器をとった正確な時間は、残念ながら、いまだに思い出せない。その電話が、それほど重大な意味を秘めていようとは、つゆ思ってもいなかったのだ。》

三島は「明朝、お話ししたいことがあります」と丁重な口調で言った。そして、時間と場所については改めて連絡したいので、明日の朝、何時ならば電話をしていいかと、訊いた。

伊達は「十時半なら、ここに来ていますが」と答えた。この時代、携帯電話はないので、電話をいつ、どこにかければいいかも、事前に決める必要があった。

三島は、もう少し早くならないかと頼み、伊達が「十時ではいかがでしょう」と言ったので、「それでは、十時五分にお電話します」と言って、電話は切れた。

伊達が三島とつきあうようになったのは、三島の小説『宴のあと』の裁判がきっかけだった。この小説は、一九五九年の東京都知事選挙に社会党から立候補した元外務大臣の有田八郎をモデルにしており、有田がプライバシー侵害だと訴えたのだ。一九六四年九月に一審で三島が敗訴するが、高裁に控訴、しかし、一九六五年三月に有田が亡くなったため、遺族との間で六五年十一月に和解が成立する。

この和解をスクープしたのが、伊達だった。伊達はＮＨＫの社会部の遊軍記者で、出版社の友人から三島と有田家が和解するとの情報を得て、三島にインタビューしたのだ。以後、このスクープがきっかけで、伊達は三島からマスコミ対策についての相談を受けるようになっていた。

伊達は宇和島藩伊達家の一族で、この年、四十二歳。三島より三歳下になる。日本大学法学部新聞学科を卒業後、東京日日新聞社会部に入り、後にＮＨＫに移った。この官僚的な放送局には珍しい「名物男」的な記者で、後に皇室担当になると、昭和天皇が最も信頼した記者になる。

**新潮社**

午後三時半頃、東京都新宿区矢来町にある新潮社の月刊誌「新潮」編集部の小島喜久枝のデスクの電話が鳴った。

彼女が担当している三島由紀夫からだった。小島が新潮社に入社したのは一九四八年で、一九八八年に退社するまで、ずっと「新潮」編集部にいる。そして退職後、小島千加子名義で回想録を書く。

三島は小島に「君は早起きか」と念を押した上で、「明日原稿を渡すので十時半頃に来てくれるか」と頼んだ。作家が原稿を渡すと言えば、編集者としては断ることなどできない。

後になって、小島は何かおかしいと感じたと回想する。三島がこれまで約束の時間として指定していたのは、「十二時」とか「二時」のように、ぴったりの時刻であり、「何時半」の約束はしたことがなかったからだ。なぜ十時でも十一時でもなく、十時半なのか。しかし、小島はそんなことは些細なことだと思い、それ以上、考えなかった。

三島は「新潮」に、四部作となる『豊饒の海』の最終巻「天人五衰《てんにんごすい》」を連載中だった。小島の心づもりでは、最終回はあと数回先のはずだった。一般論として、連載が終わりに近づくと、作家は「あと何回で終わるよ」と予告する。ある連載が終われば次号からその頁が空いてしまうので、編集部は次の連載を考えなければならず、いきなり、「はい、今回で終わり」となると、困るのだ。最終回が近いことを知らせるのは、いわば出版界の暗黙のルールでもあった。

小島は三島から、「天人五衰」が何月号で終わるのかをまだ何も聞いていない。

三島は、午前中にしてほしい理由として、楯の会の例会に出かけるのでその前に渡したいのだと説明した。十時半に三島邸に行くのであれば、小島としては、特別の早起きをする必要はなかったので、了解した。

小島はその時の電話の声を、《さびたドスの利いた、特徴のある電話の声が、口を覆ってで

もいるように不明朗に、くぐもって聞えた》と回想している。そして、
《面会は午後に決まっている日頃の習慣を破ることなので、わざわざ確かめたのであろうか、とかすかに不審の念を抱いたが、それは耳元をかすめる蚊ほどの異物感にすぎず、むしろ楯の会例会という言葉の方にある期待を寄せた。》
彼女はこれまで三島がボディビルや空手のトレーニングをしているところは実際に見ていたが、楯の会の制服姿は見たことがなかった。
《これはいよいよその〝粋《いき》〟な姿をさりげなく見せてくれるチャンスの到来か、と思ったのである。》

## 京都

文芸評論家の奥野健男《たけお》は、二十四日は京都にいた。

奥野は文芸評論家には珍しく、東京工業大学の化学専攻を卒業した化学技術者でもある。この年、四十四歳だった。三島の一歳下になる。

奥野が文芸評論家として注目されたのは、在学中の一九五二年に書いた「太宰治論」によってだった。これがきっかけで文芸誌に三島論を書くことになり、編集部から三島を紹介されたのが出会いだった。奥野の「三島由紀夫論」は「文學界」一九五四年三月号に掲載され、それ

を読んだ三島が「我が意を得た面白い評論」だと気に入り、以後親交が深まり、二カ月に一度くらいの頻度で会っていた。

奥野は東工大を卒業すると東芝に勤務し、トランジスタの開発にも取り組んだ。一九六一年に多摩美大の講師となり、助教授を経て、この年に教授となっていた。当初は自然科学を担当していたが、文学の講座を持つようになる。

二十四日、奥野は京都の同志社大学の文化祭で「無頼派の文学」についての講演をし、夜までのシンポジウムに出て、その後は学生たちと遅くまで飲み歩いた。

第一章

# 静かなる勃発

一九七〇年十一月二十五日水曜日。

東京は快晴だった。

この日はサラリーマン家庭にとって、一年で最も財布の紐《ひも》が緩む日である。給料日であり、半月後にはボーナスが出る。それをあてこみ、年末商戦はこの日からスタートする。この時代、クレジットカードはまだ普及していない。

**東京都北区、ダイエー赤羽店**

スーパーのダイエーは、この日からカラーテレビを、当時としては破格の五万円台で売り出すことにしていた。歳末商戦向けの目玉商品だった。

ダイエー赤羽店には、朝から客が押し寄せていた。この店にこの日割り当てられたのは二十台しかなく、そこに三百五十人が押し寄せたので、抽選方式となる。

この日、店員たちも、そしてこの年、四十八歳となるダイエー創業者中内㓛《いさお》も、店頭に並ぶテレビが午後になったら何を映し出すかは、何も知らない。

**最高裁判所、司法記者クラブ**

ＮＨＫ記者伊達宗克は、三島との約束を守り、十時きっかりに司法記者クラブに着き、待機していた。

　十時六分に電話のベルが鳴った。

　伊達は時計を確認し、約束に一分遅れているので、自分の時計が進んでいるのではないかと疑った。それほど、三島は時間に正確な人だったのだ。

　電話の内容は、「十一時に市ヶ谷会館に来てほしい、そこに楯の会の田口か倉田という者がいるはずで、案内させます」というものだった。しかし、「田口」は、伊達の聞き間違いで、「田中」だと後に分かる。

　伊達は、すぐに記者クラブを出た。

**毎日新聞社、「サンデー毎日」編集部**

「サンデー毎日」の徳岡孝夫はいつもならば昼頃までに出勤するのだが、三島との約束があったので、十時に着くように二時間早く起き、二時間早く埼玉県内にある団地の自宅を出た。それでも、約束の十時に五分ほど遅れて、編集部に着いた。

　徳岡の顔を見るなり、経理の女性社員が言った。

「いまさっき、三島さんから電話があったわよ。かけ直しますって」

　徳岡は、しまったと思った。しかし、かけ直すと言ったのなら、もうしばらく待ってみようと、腰を下ろした時、デスクの電話が鳴った。三島からだった。

用件は「市ヶ谷会館に午前十一時に来てほしい、会館の玄関に楯の会の制服を着た倉田あるいは田中という者がいて、案内するはずです」である。伊達への電話と同じ内容だ。《会話はそれだけだった。余計なことは何ひとつ言わなかったが、丁寧で落ち着いた話しぶりだった。切迫した気配など、全く感じられなかった。私は静かに受話器を置いた。》

毎日新聞社のある竹橋から市ヶ谷までは近い。徳岡は編集部でぼんやりと時の過ぎるのを待った。この時間に出勤してくる編集部員は誰もいない。話す相手もいなかった。

徳岡は十時半まで待って、少しくらい早くてもいいだろうと判断し、編集部を出て、毎日新聞社の玄関でタクシーを拾った。

## 岐阜

歌手村田英雄は、この日、東海道新幹線の岐阜羽《は》島《しま》駅から車で二十分ほどの町で、浪曲時代の恩師である酒井雲《くも》を見舞い、その後にお見舞い公演をするため、朝から東京都世田谷区の家を出ていた。

その留守宅に三島から電話があった。村田の家人が村田は留守で岐阜に行っていると伝え、行く先の電話番号を教えた。

岐阜の酒井宅に三島からの電話があった時、まだ村田は到着していなかった。おそらく、その電話は十時前後にかけられたはずだ。三島が自宅を出発するのが十時十五分前後とされているので、その前であることは間違いない。村田が酒井の家に着くのは昼少し過ぎの予定だった。三島の村田への用件は、「紅白歌合戦への出場のお祝い」だった。

この十一月二十五日は、大晦日のNHK紅白歌合戦の出場歌手が正式発表される日だったのだ。紅白への出演の当落の連絡は、プロダクションでなくレコード会社を通じて行なわれる。その前夜、すでに各レコード会社には知らせが入っていた。この年は、出演が決まった江利チエミが、「今年はヒットがなかったから紅白には出ない」と言いだし、ひと騒動起きていた。三島は何らかのルートで、親交のある村田が十年連続して出演するとの情報を得て、「おめでとう」と言いたかったのだ。

親交と言っても、二人が会ったのは二度しかない。最初が四年半ほど前で、三島のほうから「あなたの歌が好きだ、ぜひ一度会いたい」と連絡があり、六本木で会って、三十分ほど話した。そして、二年半ほど前にまたも三島からの「会いたい」との連絡で、赤坂の中華料理店で食事をした。

村田は公称一九二九年生まれなので、この年、四十一歳。三島より四歳若い。浪曲師から歌手となったが、なかなかヒットが出ず、一九六一年の「王将」で、ようやくブレイクした。以後十年にわたり、歌謡曲の世界でトップクラスのポジションを維持していた。

三島が好んだ村田の曲は、「闘魂」――この年の紅白で村田が歌う曲である。

## 京都、奥野健男

前日の夜、京都で遅くまで飲み歩いていた奥野健男は、この日の夕方に東京に戻る予定で、それまでは京都観光をするつもりだった。

午前十時過ぎに、予約していた個人タクシーが宿泊していたホテルに来た。

タクシーに乗るまで、奥野は名残の紅葉を見ようと嵯峨野《さがの》や栂尾《とがのお》、高山寺《こうざんじ》へでも行くつもりだった。しかし、タクシーに乗った途端、法然院にある谷崎潤一郎の墓へ行きたくなり、運転手にそう指示した。

《法然院で「寂」と「空」と自然石に彫られた墓に詣でた。タクシーに戻ってぼくの口から出て来たのは、化野《あだしの》の念仏寺に行ってくれという言葉だった。ぼくは化野あたりは好きでない。しかしどう言うわけか急に行きたいという言葉が出て来た。そして無縁仏の小さな石像が並ぶ化野で、小半時も佇んでいた。》

谷崎の墓の前にいたのが、午前十一時頃、化野の無縁仏の前に立つのは、十二時十五分頃だった。

## 京都、瀬戸内晴美

作家瀬戸内晴美は、この年、四十八歳。三島の三歳上にあたるが、文壇へのデビューは三島のほうが先だった。

一九五〇年に、瀬戸内が三島の『愛の渇き』を読み、あまりに面白かったのでファンレターを書いたのが、つきあいの始まりだった。ファンレターには返事など滅多に書かないことにしていた三島だったが、瀬戸内の手紙が「あんまりのんきで愉快だから思わず書いてしまった」という理由で返事を出した。瀬戸内にしても、ファンレターを書いたのは初めてだった。かくして、この二人の文通が始まった。瀬戸内は小説を書いては少女雑誌に送りつけていたが、なかなか採用されない時期だった。やがて瀬戸内の小説も採用されるようになり、作家の仲間入りをする。

瀬戸内が三島からもらった手紙は十通に満たず、彼女はその内容をみな覚えていた。しかし、一通だけ、忘れていたものがあった。

この日の午前十時頃、瀬戸内は探し物をしていて、二階の書庫にいた。段ボール箱に足がけつまずいたので、それを動かそうとして、ふと見ると、一番上にある埃だらけのハトロン紙に、「手紙」と書いてあった。つい手が伸びて、その昔の手紙の束を引き出してみると、三島からの手紙があった。一九五四年に出されたもので、瀬戸内の処女作「痛い靴」に対する、「平凡で、新鮮味がなく、失望した」という手厳しい批判ではあるが、「親切で、心のこもったありがたい手紙」だった。

しかし瀬戸内は、この手紙のことをすっかり忘れていたのだった。恥ずかしさに、いたたまれず、封印したらしい。

## 三島邸

新潮社の小島喜久枝は、三島との十時半という約束に十分ほど遅れて、大田区南馬込《みなみまごめ》の三島邸に着いた。自宅から直行したので、鉄道の乗換えやタクシーを拾うのに、思ったよりも時間がかかり、遅刻してしまったのだ。

すでに三島は出かけた後だった。顔なじみの三島家のお手伝いの須山文江が、

「お出かけになりましたが、これをお渡しするように」と言って、原稿を手渡した。

小島は、一瞬、訝《いぶか》しんだ。そんなにもギリギリの時間の指示だったのかと。

さらに、これまでも不在時に原稿を受け取りに行くことはあったが、封はされていなかったのに、この日の原稿は厳重な封がしてあり、その場で確認することを拒んでいるかのようだったのも気になった。

現在ならば、携帯電話で三島に連絡をとることもできるが、この時代、そんなものはない。いったん出かけてしまった人と連絡をとるのは至難の業だった。

小島は違和感を抱きながらも、渡された原稿を持って新潮社に向かった。

小島を弁護すれば、彼女が約束した十時半に三島邸に着いたとしても、三島には会えなかった。警察・検察の調べでは、楯の会の小賀《こが》正義が運転する自動車が三島邸に到着したのは十時十三分、三島が出発したのは十時十五分である。

迎えに来た小賀は三島に「早いな」と言われたとのことだから、三島は小島に原稿を渡してから出発するつもりだったのかもしれないが、それならば、小賀たちを待たせておけばいい。一瞬の躊躇はあったかもしれないが、三島は小島には会わずに出かけることを決断した。彼女が十時半に着いたとしても、会えなかったのだ。

## 市ケ谷会館

自衛隊市ヶ谷駐屯地に隣接した市ヶ谷会館は、防衛庁（現・防衛省）共済組合の施設だが、一般人も利用できる。楯の会の例会はこれまでもこの市ヶ谷会館で開かれていた。

「サンデー毎日」の徳岡孝夫を乗せたタクシーは、市ヶ谷駅を四十分に通過した。まだ早過ぎると思った徳岡は、陸橋の上でタクシーを降り、歩いて行くことにした。

歩き始めると、彼の前と後ろに、楯の会の制服を着た青年がいた。彼らも市ヶ谷会館へ向かっていたのだ。

徳岡は、午前十時四十五分に市ヶ谷会館に着いた。

徳岡を出迎える者はいなかった。楯の会の制服を着た若者がいたので、三島が言っていた「田中さんですか、倉田さんですか」と尋ねても、ぶっきらぼうに「違います」と答えるだけだった。この二人がどこにいるのかと尋ねても、「知りません」と言うだけだった。

徳岡は入口の会場案内に「楯の会例会　三階」とあったので、三階に上った。そこには三十人ほどの楯の会の会員がいたが、演壇には誰も立っていない。

「田中さんか倉田さんはいないか」と訊くと、「階下にいるはずです」との答えだった。徳岡は少し腹を立てながら、一階のロビーに戻った。

## 国会

第六十四回国会は前日に召集され、この日は開会式と、内閣総理大臣の所信表明演説が行なわれることになっていた。

内閣総理大臣佐藤栄作は、九時半から総理大臣官邸で閣議を開き、その後に国会に登院した。

佐藤栄作が総理大臣に就任したのは、東京オリンピックの直後の一九六四年十一月、この時点で丸六年が過ぎていた。辞任するのは二年後の七二年七月で、在任期間七年八カ月は、戦後の最長記録となる。この年、六十九歳。

開会式は午前十一時からで、その二分前の午前十時五十八分、会場となる参議院議場では、参議院議長、衆議院と参議院の副議長、常任委員長、議員、内閣総理大臣その他の国務大臣及び最高裁判所長官が、所定の位置に着いた。

定刻の午前十一時、昭和天皇が衆議院議長船田中《なか》の前行で式場に入り、着席した。

続いて、衆議院議長が式辞を述べ、昭和天皇が「お言葉」を述べた。

七分で、すべてが終わった。

午前十一時七分、昭和天皇は、参議院議長重宗雄三の前行で式場を出た。

佐藤は、その日記に「陛下も御きげん麗しい」と記している。

## 市ケ谷会館

ＮＨＫの伊達は、十時六分の三島の電話の後、すぐに司法記者クラブを出て、《途中二ヵ所で用を足したのち》、十一時ちょうどに市ヶ谷会館に着いた。

しかし彼もまた、出迎えるはずの楯の会の会員に会えない。しばらくうろうろした後、楯の会の例会が三階で開かれていると知って、三階に向かった。

徳岡と伊達は面識がないので、この時点では互いに相手の顔も名前も知らない。

十一時五分、ロビーで待っていた徳岡のもとに、さっき「違います」と言った青年がやって来て、「自分が田中です」と名乗った。「時間を厳守せよとの三島隊長の命令」で、さっきは否定したのだと説明し、さらに、徳岡に身分証明証の提示を求めた。

《これはただごとではない。私は顔色が変わるのを感じた。》

徳岡は田中と名乗る青年から、ひったくるように封筒を受け取った。

三島から徳岡への手紙は、彼の判断で全文が「サンデー毎日」に掲載され、さらに徳岡の著書『五衰の人』にも引用されている。

> 前略
>
> いきなり要用のみ申上げます。
>
> 御多用中をかへりみずお出でいただいたのは、決して自己宣伝のためではありません。事柄が自衛隊内部で起るため、もみ消しをされ、小生らの真意が伝はらぬのを怖れてであります。しかも寸前まで、いかなる邪魔が入るか、成否不明でありますので、もし邪魔が入つて、小生が何事もなく帰つて来た場合、小生の意図のみ報道関係に伝はつたら、大変な

ことになりますので、特に私的なお願ひとして、御厚意に甘えたわけであります。小生の意図は同封の檄に尽されてをります。この檄は同時に演説要旨ですが、それがいかなる方法に於て行はれるかは、まだこの時点に於て申上げることはできません。何らかの変化が起るまで、このまま、市ヶ谷会館ロビーで御待機下さることが最も安全であります。決して自衛隊内部へお問合せなどなさらぬやうお願ひいたします。

　市ヶ谷会館三階には、何も知らぬ楯の会会員たちが、例会のため集つてをります。この連中が警察か自衛隊の手によつて、移動を命ぜられるときが、変化の起つた兆であります。そのとき、腕章をつけられ、偶然居合せたやうにして、同時に駐屯地内にお入りになれば、全貌を察知されると思ひます。市ヶ谷会館屋上から望見されたら、何か変化がつかめるかもしれません。しかし事件はどのみち、小事件にすぎません。あくまで小生らの個人プレイにすぎませんから、その点御承知置き下さい。

　同封の檄及び同志の写真は、警察の没収をおそれて、差上げるものですから、何卒うまく隠匿された上、自由に御発表下さい。檄は何卒、何卒、ノー・カットで御発表いただきたく存じます。

　事件の経過は予定では二時間であります。しかしいかなる蹉跌が起るかしれず、予断を許しません。傍目にはいかに狂気の沙汰に見えようとも、小生らとしては、純粋に憂国の情に出でたるものであることを、御理解いただきたく思ひます。

　万々一、思ひもかけぬ事前の蹉跌により、一切を中止して、小生が市ヶ谷会館へ帰つて来るとすれば、それはおそらく、十一時四十分頃まででありませう。もしその節は、この手紙、檄、写真を御返却いただき、一切をお忘れいただくことを、虫の好いお願ひ乍らお願ひ申上げます。

　なほ事件一切の終了まで、小生の家庭へは、直接御連絡下さらぬやう、お願ひいたします。

　ただひたすら一方的なお願ひのみで、恐縮のいたりであります。御厚誼におすがりするばかりであります。願ふはひたすら小生らの真意が正しく世間へ伝はることであります。

　御迷惑をおかけしたことを深くお詫びすると共に、バンコク以来の格別のご友誼に感謝を捧げます。　匆々

　十一月二十五日　　三島由紀夫

徳岡孝夫様

二伸　なほ同文の手紙を差し上げたのは他にＮＨＫ伊達宗克氏のみであります。

ＮＨＫの伊達が、三島から指名された田中あるいは倉田以外の会員から、「三島先生からお預かりしました」と封筒を渡されたのは、十一時二十分を過ぎた頃だった。

伊達は封筒をこう説明している。

《封筒は事務用などに使うごく普通の茶封筒だが、表に赤鉛筆で「ＮＨＫ　伊達宗克様」と朱書。脇に黒のボールペンで「親展」とあり、ホッチキス五本で厳重に緘封してあった。

〈なにか変だな〉という予感が走った。

突嗟に私は「これをいまここで開けてもいいですか」と、隊員に了解を求めると、ためらわず封を切った。》

伊達が渡された封筒には、彼宛ての手紙と、檄、そして写真が入っていた。写真は楯の会の制服を着た三島と四人の会員の合計五人が一緒に写っているものと、五人それぞれのもの、そして、森田必勝だけ、もう一枚スナップ写真もあり、合計七枚。四人の隊員の写真には、それぞれの自筆で、姓名、年齢、生年月日、出身地、在学校名が書かれていた。三島の写真の裏には姓名と年齢、生年月日だけだった。

伊達は、まず手紙から読んだ。それは徳岡が読んだものと同じ内容だった。

## 警視庁

十一時二十二分、警視庁指令室に、自衛隊東部方面総監部から一一〇番通報があった。

「三島由紀夫を自称する酔っ払いが、市ヶ谷の陸上自衛隊・東部方面総監室において日本刀を振り回し、暴れている」と入電された。

二十五分、警視庁公安二課は、警備局長室を臨時本部として、関係機関に連絡、同時に百二十名の機動隊員を待機させた。

その時刻は当直で詰めていた職員が、帰宅しかけた頃だった。しかし、この一報で全員が待機することになった。

## 市ヶ谷会館

徳岡は三島からの手紙を読み終え、檄を読んでいた。すると、彼のすぐ横に、同じように手紙を読んでいる男がいるのに気づいた。

「NHKの伊達さんですね？」と徳岡は言って、二人は名刺を交換した。

「どういうことでしょう」

「ぼくにもよく分かりません」

「とにかく屋上に出てみましょう」

といったやりとりがあった。

## 警視庁

警視庁内では、さまざまな情報が錯綜する。

状況をほぼ把握した土田國保《くにやす》警務部長は、佐々《さっさ》淳行《あつゆき》警務部参事官を呼び、

「君は三島由紀夫と親しいのだろう。すぐに行って、説得してやめさせろ」と命じた。

土田の名を有名にするのは、翌年十二月に、過激派からお歳暮に擬装された爆弾が自宅に郵送され、妻が即死、息子が重傷を負った事件――土田・日石・ピース缶爆弾事件である。土田は警察では警視総監まで務め、その後は防衛大学校の校長となる。

佐々は一九五四年に東京大学法学部を卒業し警察庁に入った、キャリアの警察官僚である。一九六八年七月から警視庁に所属し、公安部外事第一課長、警備部警備第一課長、警務部人事第一課長を歴任し、この年の九月に警務部参事官になったところだった。前年一月の東大の安田講堂事件の時は警備第一課長だった。この年、四十歳（十二月生まれなので、この日は三十九歳）。

佐々は三島と家族ぐるみのつきあいをしていた。まず彼は三島の弟である平岡千之《ちゆき》と東京大学の同期だった。さらに佐々の姉紀《き》平《ひら》悌子《ていこ》は三島の妹と聖心女子大学の同級生であり、悌子は若き日の三島のガールフレンドでもあった。悌子は新聞記者と結婚し、紀平姓となり、婦人運

動家の市川房枝の秘書となり、後に参議院議員選挙に立候補する。三島の死後、紀平は三島からもらった「恋文」を「週刊朝日」に、彼女の回想と共に連載、三島の未亡人から訴えられ、連載は中止となる。そういう関係だった。

土田は佐々が三島と親しいことを知っていたので、「すぐに行け」と命じたのだ。

佐々は三島をどう説得しようかと考えながら、市ヶ谷に向かった。

一方、警備部長下稲葉《しもいなば》耕吉《こうきち》（警察庁次長、警視総監を経て、自由民主党の参議院議員となり、法務大臣を務める）は、警備第一課の宇田川真一に現場に急行するよう命じた。宇田川も、三島と交友があった。

## 市ケ谷会館

伊達と徳岡が屋上に上がってしばらくすると、パトカーのサイレンがけたたましく聞こえて来た。

「様子がおかしいですね」

「しかし、まさか三島さんとは関係がないでしょう」

手紙と檄を読んでいるのに、二人のジャーナリストは、当初はのんびりしていた。

伊達は屋上に上がってからのことをこう書く。

《自衛隊の門の前でパトカーの赤い信号がチカチカ点滅しており、門から旧大本営本部に通ずる坂道を機動隊の警備車がフルスピードで登ってゆく。なにかが起こった、私と徳岡氏は急いで駐屯地へむかって走った。》

### 総理大臣官邸

総理大臣官邸に第一報が入ったのは、午前十一時三十分頃。警視庁からだった。

その第一報は、市ヶ谷の自衛隊東部方面総監部に暴漢数名が乱入、という内容だった。

佐藤栄作総理大臣は、商工会連合全国大会に出席中だった。十一時五十分に祝辞を述べている。

### 国会、自民党幹事長室

国会にも、事件はすぐに伝わった。衆議院二階にある自民党幹事長室では、第一報を聞いた自民党幹事長田中角栄が、「バカもん」と呟いたのを、田中の秘書だった早坂茂三《しげぞう》が聞いている。

しかし、この「バカもん」な事件が、田中の窮地を結果として救うのだった。それが分かるのは、その日の夜のことだ。二年後に首相となる田中角栄はこの年、五十二歳。

田中角栄は幹事長としての午後の記者会見では、「思想家が思い詰めた結果の行為だろう」と語る。そして、三島の妻瑤子《ようこ》の父である画家の杉山寧《やすし》が自分の家の近くに住んでいることもあり、三島とも個人的にも親しかったというエピソードを語る。「バカもん」は親しいがゆえの言葉だったのかもしれない。

杉山寧は、この日、藝術院会員に選ばれた。

## 砂防会館、中曽根事務所

防衛庁長官中曽根康弘は国会の開会式が終わると、平河町の砂防《さぼう》会館にある個人事務所に戻った。そこで着替えようと、モーニングを脱いだところに、陸上幕僚幹部の竹田幕僚副長から電話が入った。

「いま東部方面総監部に暴漢が入って暴れています。どうも、三島由紀夫らしい」というのが、防衛庁トップである中曽根への第一報だった。

中曽根は「全員逮捕し、各部隊に動揺が起きないよう厳重態勢をとれ」と言った。すると、竹田は「逮捕は警察の仕事です」と返答した。ようするに、家宅侵入罪だから警察の仕事だというのだ。

「総監が人質になっているんだから、自分たちで救助しろ」と中曽根は言うが、竹田は「できません」の一点張りだった。

現場に入るのは警察であり、自衛隊はそれを取り巻くだけで、手出しできない。それが、防衛庁幹部の法解釈であった。この場合、自衛隊はあくまで被害者という立場しか持ちえないのだ。

中曽根は六本木の防衛庁に向かった。

後に総理大臣となる中曽根は、この年、五十二歳。一九四七年の総選挙で初当選以来、「青年将校」の異名をとり、自主憲法制定の運動をするなど、保守的・右翼的政治家として頭角を現していた。

## 東京地方裁判所

作家井出《いで》孫六《まごろく》は東京地方裁判所にいた。ある裁判を傍聴していたのだ。

井出はこの年、三十九歳。東京大学文学部仏文科を卒業した後、中学・高校の教員を経て、中央公論社に勤務していたが一九六九年に退社し、フリーの文筆家として小説やルポルタージュを発表していた。社会派で、地味だがしっかりとした仕事をする作家である。

井出はその裁判について、著書『その時この人がいた』の「三島由紀夫の自決」の章では、《年若い殺人者の裁判》と記すだけで、被告の名を明示していないが、この裁判の被告は永山《ながやま》則夫《のりお》である。

永山は一九六八年から六九年にかけて、東京、京都、函館、名古屋で四人が射殺された「連続ピストル射殺事件」（広域重要指定一〇八号事件）の犯人として、六九年四月に逮捕され、起訴されて裁判となっていたのだ。

獄中にあって、永山は文筆活動を始め、一九七一年に手記『無知の涙』を発表する。

このような大事件だったので、井出はずっと傍聴していたのである。

井出によると、

《第一回の裁判以来、被告席でじっとうつむいたまま黙して語らなかった若ものが、この日初めてすっくと立ち、発言を求めた。

東北なまりの重い口調が傍聴席からはききとりにくかったが、彼は赤貧洗うような生い立ちから、集団就職して上京してからの孤独な生活のありさまをぽつりぽつりと語ったあと、己れの犯罪が天皇制の差別と深くつながっているという意味のことを、たどたどしく述べて陳述をおえた。》

井出は、《無知ゆえに犯行に走ったと思われていた若ものの口をついてでた意外なことば》に衝撃を受け、この日の傍聴を終えた。

井出は被告の名を示さない分、いささかドラマチックに脚色しているようだ。永山は井出が書くようにそれまでの公判でずっと黙っていたわけではなく、かなり発言していた。

ただ、この日、初めて永山が天皇制について言及したのは事実だった。

永山自身の日記によると、彼は法廷でこう叫んだ。

「日本人民を覚醒させる目的で以《もっ》て、天皇一家をテロルで抹殺しろ！」

**埼玉県**

映画監督大島渚は、次の映画『儀式』のロケハンのために、この日は朝からタクシーで出かけていた。美術監督の戸田重昌と一緒だった。

大島はこの年、三十八歳。京都大学法学部在学中は学生運動で指導的役割を果たす一方、劇団を作り、演劇活動もしていた。京大で師事したのは、この一九七〇年七月に防衛大学校長となった猪木《いのき》正道《まさみち》だった。大島は松竹に入ると、一九五九年に監督としてデビューし、松竹ヌーベルバーグの旗手のひとりとなった。しかし、六〇年安保闘争を題材とした『日本の夜と霧』の上映中止事件に抗議して、一九六一年に松竹を退社し、映画製作会社「創造社」を設立した。監督によるプロダクションのはしりである。だが、なかなか経営は厳しく、テレビのドキュメンタリー番組も手掛けていた。

一九七〇年は『東京战争戦後秘話　映画で遺書を残して死んだ男の物語』を製作し、公開された。若い映画製作グループを主人公とした作品だった。それに続くものとして、『儀式』の準備に取り掛かっていたのだ。この作品は日本ＡＴＧ（アート・シアター・ギルド）の創立十周年記念の作品でもあった。ＡＴＧは低予算だが芸術性の高い映画を製作・配給していた映画会社だ。三島の『憂国』もＡＴＧで配給された。

『儀式』は桜田家という旧家の複雑な血縁関係が生む人間ドラマを、昭和史と重ね合わせて描くものだった。

大島と戸田は、桜田家にふさわしい旧家を探しながら、まだ決まっていないキャスティングについても、車中で話していた。懸案となっていたのは、主人公のいとこで、「誰よりも優越感を持っている男」という設定の役だ。

「インフェリオリティ（劣等感）を感じている奴ならいくらでもいるけど、自分が誰よりも偉いと思っている男なんて、いないよな」

などという会話をしているうち、大島はふと、思いついて言った。

「いっそ、三島由紀夫はどうだろう」

大島は対談などで何度か三島と会ったことがあった。三島の映画出演好きは有名だ。役柄によっては、出てくれるのではないかと思ったのだ。

ロケハンはまだ続く。そろそろ昼食をとらなければならない。

## 文化放送

西武百貨店社長の堤《つつみ》清二《せいじ》は番組審議会に出席するために、十二時少し前に四谷の文化放送に着いた。

堤は三島より二歳下になり、この年、四十三歳。一九五一年に東京大学経済学部を卒業し、衆議院議長だった父堤康次《やすじ》郎《ろう》の秘書を務めた後、一九五四年に父が経営する西武百貨店に入り、デパート経営者の道を歩む。その一方で、辻井《つじい》喬《たかし》という筆名で一九五五年には処女詩集を発表し、六九年には小説も書き、文学者としての活動も始めている。彼の主導でセゾン文化なるものが開花するのは、十年ほど後のことだ。

堤が三島と知り合ったのは一九六〇年前後だった。以後、文学者同士の交流が始まるが、時には堤のビジネスとも絡んだ。

一カ月ほど前になる十月二十九日、堤は三島に「急な用件」があると呼び出され、夕食をともにした。しかし、その用件は口に出されなかった。しかし、「文学は無力だ。結局行動を起こさなければ駄目なんだ」という三島のその夜の言葉を、堤は覚えている。

それが、堤が三島に会った最後だった。

文化放送の建物に入ると、

《何となく異様にざわついた空気が満ちていて、局の人があわただしく行き来している。

「何かあったんですか」

と顔見知りの社の人に聞くと、相手は驚いた顔になって、

「御存知なかったんですか、三島由紀夫が自衛隊の市ヶ谷駐屯地に乱入したんです」

と言う。そう聞いても咄嗟のことで僕には何のことか理解できない。説明を済ませると相手は走ってどこかへ行ってしまった。どうしたらいいか戸惑って、玄関ホールで一瞬ぼんやりしていると、

「ああ、堤さん、ちょうどいいところへ来た。いま緊急座談会がはじまったので、すぐ御参加下さい、こちらです」

と、有無を言わせずスタジオに連れこまれた。》

文化放送は市谷駐屯地に近いという地の利を生かして、この事件はかなり早い段階から現場に記者を派遣していた。この年に入社したばかりの記者の三木明博がすぐに現場に向かい、マイクを木の枝に縛り付けて、三島の演説を録音する。あの演説をすべて録音できたのは文化放送だけだった。三木は後に社長になる。

新人記者の三木が奮闘している頃、スタジオでは討論番組が始まっていた。堤がスタジオに入ると、文芸評論家の江藤淳と政治評論家の藤原弘達《ひろたつ》、上坂《かみさか》冬子、御手洗《みたらい》辰雄らがいた。彼ら

も番組審議会のために文化放送に来ていたのだ。

この時点では、まだ三島が乱入したということしか分からない。それでも、出席者たちは三島を批判していた。堤はそれを聞いてむらむらとしてきて、

「事情がよく分かりませんが、どんな理由があったにせよ、僕の三島由紀夫を敬愛する気持ちは変わりません」と言ったと、回想録『抒情と闘争』には綴っている（当日の録音を確認したわけではない）。

## 倉橋由美子

作家倉橋由美子の家に、刑事がやって来たのは、昼前だった。

刑事たちは何も用件を言おうとしなかった。玄関の板の間で遊んでいる彼女の子を相手にするなどして、時間をつぶしているようだった。

倉橋はこの年、三十五歳。明治大学在学中の一九六〇年に日本共産党系の学生運動を批判的・風刺的に描いた『パルタイ』が注目され、芥川賞候補となる。石原慎太郎、開高健、大江健三郎らと並ぶ若手の作家として脚光を浴びていた。父の死、大学院中退、結婚、病気、アメリカ留学などを経て、一九六九年に長編『スミヤキストQの冒険』を発表して話題となっていた。

倉橋には、よど号事件の際にも警官が来た経験があった。新左翼の運動家が、自分たちの運動を理解してくれている作家リストに倉橋を入れていたため、彼女は公安当局から新左翼シンパと見做《みな》されていたのだ。これについて倉橋は、「学生も警察も不勉強」と批判している。では、この日は何があったというのだろう。倉橋由美子には何の心当たりもない。刑事たちは何も話そうとしない。

## 新潮社

「新潮」編集部の小島喜久枝は、電車の中で三島の原稿を読もうかと思ったが、断念した。原稿は厳重に封がされていたのだ。

小島はなんとなく釈然としないまま、新潮社に着いた。自分のデスクにつくと、原稿の入った封筒を取り出した。ホチキスで四カ所が留められた封筒は三重になっていた。最初の一枚を見て、小島は驚いた。そこには「天人五衰（最終回）」とあった。あわてて、最後の頁を見ると、

「豊饒の海」完。
昭和四十五年十一月二十五日

と記されていた。

小島が驚いたのは、今月が最終回だとは何も聞いていなかったからだ。完成が近いことは察していたが、あと二、三カ月先であろうと思っていたのだ。三島のこれまでの例から、今月で終わるのであれば、必ず前もって知らせるはずだった。終わるつもりがなかったのに終わってしまうなど、三島に限ってありえなかった。それとも、今月で終わることを三島が伝えたのに、小島が聞き漏らしていたのだろうか。それも、思い当たらない。あるいは、最終回の原稿は、夏には書き終わったと言っていたので、それを間違えて渡されたのであろうか。

小島は三島に確認してからでなければ入稿するべきではないと判断した。しかし、三島は出かけているはずだ。楯の会の例会があると聞いている。どこで開かれているのだろう。

そんなことを考えているうちに、社内が騒然としてきたのに、小島は気づいた。

### 警察庁

この時点での警察官僚のトップ、警察庁長官は後藤田正晴である。この年、五十六歳。

前年にこのポストに就き、東大安田講堂事件、よど号事件、あさま山荘事件など、日本の治安が最も揺れていた時期に警察の最高責任者を務めた。

トップであるため、後藤田自身が現場に行くことも、指揮することもない。彼は報告を受け、何らかの決断が必要な場合のみ、決断する立場だった。

三島事件は、発生が午前十一時少し前で、十二時十五分前後には、三島が自決し、事実上、終結する。後藤田が何らかの決断を迫られる場面はなかった。

後に後藤田は、「何とも気持ちのわるい事件だった。思い出すのも厭だ」という印象を語る。

# 要求書

一、楯《たて》の会隊長三島由紀夫、同学生長森田必勝、有志学生小川正洋、小賀正義、古賀浩靖の五名は、本十一月二十五日十一時十分、東部方面総監を拘束し、総監室を占拠した。

二、要求項目は左の通りである。

㈠十一時三十分までに全市ヶ谷駐屯地の自衛官を本館前に集合せしめること。

㈡左記次第の演説を静聴すること。

(イ)三島の演説（檄の撒布）

(ロ)参加学生の名乗り

(ハ)楯の会残余会員に対する三島の訓示

㈢楯の会残余会員（本事件とは無関係）を急遽市ヶ谷会館より召集、参列せしむること。

㈣十一時十分より十三時十分にいたる二時間の間、一切の攻撃妨害を行はざること。一切の攻撃妨害が行はれざる限り、当方よりは一切攻撃せず。

㈤右条件が完全に遵守《じゅんしゅ》せられて二時間を経過したるときは、総監の身柄は安全に引渡す。その形式は、二名以上の護衛を当方より附し、拘束状態のまま（自決防止のため）、本館正面玄関に於て引渡す。

㈥右条件が守られず、あるひは守られざる惧《おそ》れあるときは、三島は直ちに総監を殺害して自決する。

三、右要求項目中「一切の攻撃妨害」とは、

㈠自衛隊および警察による一切の物理的心理的攻撃。

（ガス弾、放水、レンジャーのロープ作業等、逮捕のための予備的攻撃の一切、及び、騒音、衝撃光、ラウドスピーカーによる演説妨害、説得等、一切の心理的攻撃を含む）

㈡要求項目が適切に守られず、引延し、あるひは短縮を策すること。

右二点を確認、あるひはその兆候を確認したる場合は、直ちに要求項目㈥の行動に移る。

四、右一、二、三の一切につき

㈑部分的改変に応ぜず。

㈺理由の質問に応ぜず。

㈩要求項目外事項の質問に応ぜず。

㈡会見、対話その他要求事項外の申入れにも

一切応ぜず。

これら改変要求・質問・事項外要求に応ぜざることを以て引延しその他を策したる場合、又は、

改変要求・質問・事項外要求に応ずることを逆条件として提示し来《きた》る場合は直ちに要求項目㈥の行動に移る。

――昭和45年11月25日――

――『決定版三島由紀夫全集』第36巻、新潮社

# 第二章　真昼の衝撃

事件は昼時だった。

たまたま家にいた人は、習慣で「昼のニュース」を見ようとテレビをつけ、事件を知る。

その衝撃が、三島の友人・知人であれば強いのは当然として、何の関係もない人も、かなりのショックを受け、誰かに知らせなければとの思いを抱いた。

事件報道はいくつかの段階に分かれる。

「三島が自衛隊に乱入」が第一報で、次に三島が自衛隊の建物のバルコニーで演説している映像、そして、三島が自決したとの続報である。

## 市ケ谷、自衛隊駐屯地

「サンデー毎日」の徳岡孝夫は、市ヶ谷会館の屋上から玄関まで降り、玄関を出て坂を駆け下り、自衛隊駐屯地の正門から入って急な坂を駆け上った。走りながら、三島に言われて持って来ていた毎日新聞の腕章をつけた。正門は咎《とが》められずに通過できた。

グラウンドには、百人ほどの自衛官がバラバラと立っていた。整列するわけでも、かたまるわけでもなかった。

徳岡が「何があったんですか」と訊くと、「全員集合せよとの命令があったんだ」との答えだった。

たちまち自衛官の数は増え、そのなかのひとりが、「総監が人質にとられた」と言った。徳岡は、三島がやったんだなと思った。手紙にあった「いかに狂気の沙汰に見えようとも」「憂国の情に出でたるもの」とは、総監を人質にして演説をすることだったのかと、思った。

やがて、バルコニーに楯の会の制服を着た若者が現れ、ビラを撒き始めた。徳岡が受け取った「檄」と同じものだった。そして、垂れ幕が下ろされた。

グラウンドの自衛官の数は千人近くになっていた。取材のヘリコプターが上空を飛んでいた。新聞社の車が次々と到着し、記者たちが雪崩《なだ》れ込んでくる。

徳岡は、ＮＨＫの伊達の姿がないことに気づく。

十二時。

《三島、森田両名の姿がバルコニー上に現われた。私は撮影した。》

## 三島邸

三島とその妻と子どもたちと、三島の両親の二世帯は、同じ敷地内の別の家に住んでいた。平岡梓《あずさ》（三島由紀夫の父）はひとりで家にいた。この年、七十五歳になる。農商務省（現・農林水産省）の官僚だった人で、同期に元首相の岸信介がいた。

この日、息子は朝から出かけてしまい、孫たちは学校、息子の妻は乗馬クラブに出かけ、さらに平岡の妻も出かけていたので、お手伝いを除けば、彼しかいなかった。

平岡は茶の間にいて、煙草を吸いながら過ごしていたが、昼が近づいたので、ニュースでも見ようとテレビのスイッチを入れた。それもいつもの習慣だった。

別に何か予感がしてニュースを見ようと思ったのではない。

《テレビのスイッチを入れて胡坐《あぐら》をかいたその瞬間、画面にいきなりニュース速報で「三島由紀夫……」という文字があらわれたのです。

おやっと思って見入りますと、「三島由紀夫自衛隊に乱入」とあるのです。乱入したのならどうせつかまるだろうから、警察その他各方面に手分けをしてお百度参りをしたり差入れをしたりしなければならないだろう、大仕事だと思いました。》

これが平岡の第一報を受けての反応だった。しかし、ことは「乱入」だけでは終わらない。

### 東京・北区西ヶ原

後に東京外国語大学学長となるロシア文学者の亀山郁夫《いくお》は、この年、二十一歳。同大学外国語学部ロシア語学科の学生で、北区西ヶ原の三畳間の狭い下宿に住んでいた。

昼少し前、亀山は早い昼食をとろうと、外に出て、明治通り沿いの小さな定食屋に入り、カウンター席に座った。そこはいつも彼が座る席だった。いつものように魚フライ定食を注文し、それを待っていると、背中のほうから、テレビのニュースが聞こえた。

《作家の三島由紀夫が、市ヶ谷の自衛隊駐屯地に乱入し、総監を負傷させたというのだ。》

亀山は「これはただごとではすまない」ととっさに感じ、同時に「獄につながれる三島の姿」がありありと脳裏に浮かび上がった。

三島が割腹したと伝えられる前の段階だった。

亀山は三十九年後に《当時の三島には、どこかグロテスクに浮いた感じがあって、友人同士の雑談ですら話題にしにくかった》と回想している。

《『文化防衛論』や東大全共闘との討論集会の発言、「楯の会」での行動、『憂国』の映画化といった一連のパフォーマンスにも、時代錯誤、反時代的という以上の何かを感じることはできなかった。ただ、浅丘ルリ子が熱演した映画『愛の渇き』には妙に興奮させられたこともあって、三島に対する自分の印象には、多分に両義的なところがある、と感じていた。》

## 市ケ谷、風都市

自衛隊市ヶ谷駐屯地の総監室のバルコニーに立つ三島の姿を目撃したという、当時十六歳だった女性がいる。

その日、彼女は偶然、市ヶ谷にいたのだ。ロックグループ「はっぴいえんど」が所属していた事務所、「風都市」に、その日、彼女は遊びに来ていた。そこは事務所ではあったが、半分は、「はっぴいえんど」のメンバーである松本隆の書斎となっており、松本の部屋と麻雀ルームがあるみたいな感じだったと、彼女は語る。

松本隆はこの年、二十一歳。六九年に細野晴臣《はるおみ》らとバンド「エイプリル・フール」を結成したが脱退し、細野と大瀧詠一と鈴木茂との四人で、「バレンタイン・ブルー」を結成、これが七〇年四月に「ハッピーエンド」となった（後に「はっぴいえんど」と改名）。

少女は、後に夫となるミュージシャンが風都市に「雀の涙ほどの月給」をもらいに行くのについて行ったらしい。

彼女は、二〇〇四年の松本との対談でこう回想している。

《ドアを出ると、自衛隊のバルコニーが見えるのよね。そこに五～六人がいて、ノイズが聞こえてきて……。》

松本隆は新宿にいて、事件を知って、あわてて戻った。戻ったところで、彼に何かやるべきことがあったわけではないだろうが、戻った。

《あのときのことはすごく鮮烈に覚えている。》

そして、

《あのとき、六〇年代末のムーヴメントが終わった。「これで時代が変わるなあ」って思った

ことを覚えてる。あれと、あさま山荘事件（七二年）でね。「時代は変わる。じゃあ、作詞家になろうかな」って。》

この十六歳の少女は、前年に十五歳で作詞家としてデビューしており、翌年には作曲家としてもデビューする。そして、この少女がシンガーソングライターとしてデビューするのは一九七二年だ。荒井由実、という。

彼女がこの時に一緒に風都市に行ったミュージシャンが松任谷正隆だった。二人が結婚するのは七六年のことだ。彼女の名は松任谷由実となる。

松本隆が本格的に作詞家としての仕事を始めるのは、一九七四年からである。

### 円地文子

作家円地《えんち》文子《ふみこ》は、自宅にいた。まさにこの日、円地文子は藝術院会員に選ばれる。この年、六十五歳。三島が評価する数少ない女性作家のひとりだった。

円地は昼食時となったので、時計代わりにテレビをつけた。

最初に彼女の耳に入ったのは、「三島さんの名を騙《かた》った誰かが」だったが、やがて画面一杯に三島の見慣れた顔が少し斜めに映り、「三島由紀夫氏ら云々」というニュースの声が聞こえてきた。ところが、それがふっと切れて、別のニュースに変わった。円地は何かの間違いだったのだろうと思った。

だが、テレビ画面は前のニュースに戻っており、「三島氏らの楯の会が自衛隊へ乱入した」と報じていた。

《そのあと、次々と映し出される画面と言葉は、どうにも動かしようのない事実となって、私の眼の前にのしかかって来た。》

**新潮社**

新潮社の単行本を編集するセクションは出版部という。吉村千《ち》穎《かい》は一九六七年に新潮社に入社し、出版部に配属されると、二年目の六八年春頃から、上司のお使いで三島邸に行くようになり、やがて三島の本の実務担当となる。出版部長の新田敞が実質的な担当者で、実務を吉村が担うという体制だった。

この日、吉村は午前中の仕事を終えると、昼食のために外へ出た。これが、十二時を少し過ぎた頃だった。

**丸山健二**

作家丸山健二はこの年、二十七歳（十二月生まれなので、この日はまだ二十六歳）。

丸山は三年前に『夏の流れ』で第五十六回芥川賞を受賞した。二十三歳での受賞は、石原慎太郎、大江健三郎らと同じだったが、「月」まで考えると、丸山が最年少であり、この記録は、二〇〇四年の十九歳の綿矢《わたや》りさまで破られない。

選考委員だった三島は、丸山の作品をこう評している。「当選作として推したわけではないが、この授賞に積極的に反対ではなかった。男性的ないい文章であり、いい作品である。人物のデッサンもたしかなら、妻の無感動もいいし、ラストの感懐もさりげなく出ている。しかし二十三歳という作者の年齢を考えると、あんまり落着きすぎ、節度がありすぎ、若々しい過剰なイヤらしいものが少なすぎるのが気にならぬではない。そして一面、悪い意味の『してやったり』という若気も出ている。」

この日、丸山は自宅でこたつにもぐりこみながら、テレビを見ていた。

《あと幾日ほど暮せる生活費があるだろうかとか、近所に遊園地がなかったらどんなに静かだろう》などと、考えていた。

正午になって間もなく、見ていたチャンネルでは、ショー番組が中断され、事件のニュースとなった。

《やや興奮した面持ちのアナウンサーの顔が消えると同時に、バルコニーに立って怒鳴っている氏の姿——一回も会ったためしがないのに、かつて百回も会ったように錯覚させる大勢のな

かのひとりの顔――がブラウン管に映しだされた。》

丸山は、テレビを見続けた。印象深かったのは、演説内容でも、激しい口調と同じように激しい身振りや手振りでもなく、三島がさかんに舌なめずりをしていたことだった。緊張のあまり、口の中が乾いていたのだろうと、丸山は思う。そして、

《この舌なめずりこそが、氏が自分の周囲にちりばめたありとあらゆるきらびやかな言動より、もっともっと鮮かに氏を象徴しているのではないかと直観で思った。》

丸山は煙草に火をつけるのも忘れ、テレビを見続けていた。

## ホテルニューオータニ

三島由紀夫が執筆や楯の会のメンバーとの打ち合わせによく利用していたのが、ホテルニューオータニだった。

そのホテルニューオータニの喫茶店では、十一時からひとりの新進作家が「週刊文春」の取材を受けていた。前年に江戸川乱歩賞を受賞し、注目されつつあった、森村誠一である。この年、三十七歳。

森村はこのホテルに九年間勤務し、その後、ビジネススクールの講師、ビジネス書のライターを経て、一九六七年に『大都会』で小説家としてデビューしていた。しかし、あまり売れな

かった。そこで推理小説を書いてみようと、ホテルマン時代の経験を生かして書いた『高層の死角』が乱歩賞を受賞し、推理作家として華々しくデビューしたのだ。この年の八月には『新幹線殺人事件』を出し、ベストセラーとなっていた。

新進気鋭の作家として、インタビューを受けていた森村のもとに、ホテルのボーイが興奮した様子でやって来て、

「いま、三島由紀夫が、自衛隊の市ヶ谷駐屯地に突入しました」と伝えた。

森村はこのホテルで働いていたので、ボーイたちの間でも顔が知られていた。そこで、同じ作家として関心があるだろうと、教えに来てくれたのだ。同業者が起こした大事件の知らせに、しかし、森村はあまり動じた様子は見せず、そのまま取材を受けた。

むしろ、取材している週刊誌の記者のほうが動揺した。いまならば、記者のケータイのほうが先に鳴ったであろうが、当時はそのような文明の利器はない。まだ「自衛隊に突入」という情報しかないが、それでも週刊誌的には大事件だ。記者が目の前の森村のことよりも、三島のほうが気になるのは当然だ。

しかし、こちらから依頼して会ってもらっているので、記者は取材を続けた。

## 宮崎学

グリコ・森永事件の犯人候補のひとりで、『突破者』で作家としてデビューした宮崎学は、この時、「週刊現代」の記者だった。早稲田大学の学生時代は日本共産党系の学生運動の闘士であり、中退後、出版社に勤めていたが、そこの紹介で「週刊現代」の記者になって、二カ月目のことだった。この年、二十五歳。

宮崎は自宅への編集部からの電話で、事件を知る。

その時点では、「三島由紀夫が市ヶ谷の自衛隊に乱入して、クーデターをアジっている」という段階だ。編集部からは、「早稲田の楯の会の連中も加わっているらしいんで、至急、取材してほしい」ということだった。

宮崎は、日共系学生運動のリーダーだったことから、新左翼、新右翼の党派のアジトや幹部の住まいをすべて知っていた。襲撃対象であり人質交換交渉の相手でもあったからだ。宮崎は武闘派だったが、情報戦にも長《た》けていた。

三島と共に自衛隊に乱入した楯の会のリーダー、森田必勝は早稲田大学の国防部幹部だったこともあり、宮崎は「敵」側の重要人物としてよく知っていた。

## 新宿

ルポライターの竹中労《ろう》は、雑誌「新評」の一月号に依頼されていた原稿「三島由紀夫の人間像」を書き上げて編集部に渡すと、別の雑誌の編集者との打ち合わせのため、新宿の喫茶店に入った。

竹中は左翼である。といっても、共産党や社会党には与《くみ》せず、もっと左のアナキストだった。この年、四十歳。ルポライターとして芸能界や政界のスキャンダルを暴く一方、山谷《さんや》解放闘争や琉球独立党の活動を支援するなど、行動もしていた。

喫茶店に入ったところで、ニュースを聞いた。

《ラジオは、「三島は（と呼び棄てにして）要求が通らない場合は自決するといっております」と報じ、聞いていた人々は声を上げて笑った。が、私は眼前に血柱が立ったような眩暈を覚えたのである。まぎれもなく、彼は死ぬにちがいない、と思った。

つい一時間ほど前、私はこう書いたばかりであった。「三島由紀夫の知行合一（言葉と行ないとをわかち難きテロリストの心）を喜劇と観るのは、私の敬意である。それを、もし悲劇と呼ばねばならぬ時がきたら、私はこの作家を軽蔑しなくてはならない……」（『新評』・七一年一月号）

むろん、それは逆説である。三島由紀夫が壮絶な観念の死に昇華することを、私は半ば信じ、半ば疑っていたのだ。あるいは、その〝時〟がくることを、惧れつつ念じていたというべき

か。》

## 市ケ谷、自衛隊駐屯地

「サンデー毎日」の徳岡孝夫は三島の演説をしっかり聞いた。「声は、張りも抑揚もある大音声で、実によく聞こえた」と彼は回想する。この演説については、ヘリの音がうるさく聞こえなかった、三島はハンドマイクの用意をするべきだったとの批判や揶揄が後にされるが、徳岡はそれを否定する。徳岡が演説内容をメモできたということは、聞こえたということだ。さらに徳岡には垂れ幕に書かれた要求書の文言を書き移す余裕と、そのうえさらに感想を持つ時間的余裕があった。事件直後の「サンデー毎日」に徳岡はこう書く。

《三島のボディービルや剣道は、このためだったんだな、と私は直感した。最後の瞬間にそなえて、彼はノドの力を含む全身の体力を、あらかじめ鍛えぬいておいたのだ。畢生の雄叫びをあげるときに、マイクやスピーカーなどという西洋文明の発明品を使うことを三島は拒否した。》

　演説は十分ほどで終わった。

《演説が終わり、天皇陛下万歳を三唱した三島さんがバルコニーの縁から消えると、それを合図にしたように建物の前に待機していた数十人の警察機動隊が玄関から中へなだれ込んだ。》

徳岡は、三島の「挙」がどのようなかたちで終わるのかを見たかったが、総監室に入ることはできない。

三島が怖れた「事件の抹殺」は、しかし杞憂に終わった。三島が知っていたかどうかは分からないが、事件は報じられた。それも、大々的に。

三島らが立て籠った東部方面総監室には内側から鍵がかけられていた。中の様子は音でしか分からない。

所轄署にあたる牛込警察署の署員と警視庁との無線は、次のようなものだとされている（録音をもとに記されたものではない）。

バルコニーでの演説は終わり、三島が割腹したと推測されていた時点だ。

「警視庁から、牛込」

「牛込です、どうぞ」

「三島が割腹したというが、傷はどの程度か。重傷なのか、脈はあるのか、至急調査願いたい」

「牛込から警視庁」

「どうぞ」

「部屋の中には入れません。外からの音で判断し、介錯があった模様です。どうぞ」

「警視庁から牛込」

「牛込です。どうぞ」

「介錯とはどの程度のものか。至急医師団を派遣する。命をとりとめるよう、応急対処されたし、どうぞ」

「牛込、了解」

そこに、警視庁から急行した宇田川警視からの無線が割り込む。

「至急、至急、警備一、宇田川警視から警視庁」

「宇田川警視、どうぞ」

「市ヶ谷の現場を確認した。三島の首と胴は、すでに離れている。どうぞ」

「警視庁、了解」


バルコニーの前で三島の演説を聞いていた「サンデー毎日」の徳岡には、三島が姿を消した後、何が起きているのか分からなかった。

「自決した」「自害したぞ」との叫び声が聞こえたが、叫ぶほうも、聞くほうも、半信半疑だった。

楯の会の会員三人が警官に両腕を支えられて、パトカーに乗ったのが見えたが、その時もまだ、「あとの二人はどうした」と怒鳴る声があった。つまり、三島と森田の死を誰もイメージできていない。

やがて、「発表します」との声があり、一階左側の部屋へ記者たちは通された。

小学校の教室ほどの部屋は、報道陣で立錐《りっすい》の余地もない。自衛隊の制服を着た男がやって来て、吉松と名乗った。一佐である。

吉松一佐は、上官に報告するように、一部始終を大声で叫ぶように言った。

その会見の模様は、録音され、後にソノシートとして発売される。

「二人（三島由紀夫と森田必勝）が……状況では、自決したような模様です。これが総監室からの発表です」

「怪我をして倒れているのか、それとも死んでいるのか」

「死んでいます。死んでいます」

「二人ともね？」

「二人とも！　あとの三人はですね、状況としては、その首を刎ねたと思います」

うめき声。

「えー、署長が十二時二十三分、入って確認しました」

「首がないって、首が」

「首はあります！　首は……ようするに、首がとれたという状況です」

「二人とも……とれているのか」

「はいっ」

　徳岡はその後の様子をこう記す。

《しかし切腹した、介錯したと聞いてもなお、信じられなかった。

「つまり首は胴を離れたんですか」記者の一人が大声で叫ぶように聞いた。

「はい、首は胴を離れました」一佐はオウム返しに叫んだ。部屋は沈黙に陥った。もはや聞くべきことは一つもなかった。》

　他の記者たちも同じだった。ここで聞くべきことはもはや何もない。あとは、ひたすら書くべきことがあるだけだった。記者たちはそれぞれの社に走る。

**野坂昭如**

　作家野坂昭如《あきゆき》はこの年、四十歳だった。三島の五歳下になる。早稲田大学文学部仏文科に入学したのが一九五〇年。在学中から三木鶏郎《とりろう》事務所で働き、最初は経理を担当していたが、文芸部所属となって、放送作家やＣＭソング作詞家となり、早稲田大学は中退する。昭和一桁世代で早稲田中退はマスコミ業界に多い。一九六三年に『エロ事師たち』で作家デビューし、一九六七年に『火垂《ほた》るの墓』『アメリカひじき』で直木賞を受賞した。「焼跡闇市派」であり、三島と政治信条は異なっていたが、親しくしていた。

この日、野坂は自宅で日本経済新聞から依頼された原稿を書いていた。三島が「行動学」、野坂が「逃亡学」と、それぞれテーマを与えられて、論戦するかたちの企画だった（三島は原稿を書かなかったようだ）。

昼少し前、新聞社からの電話で事件を知った。

《はじめは嘘だと思い、しつこく確かめると、電話の主は、「じゃとにかくＴＶを観て下さいよ」といい、電話でやりとりしているうちは、まあ半信半疑だったが》、受話器を置いた途端、野坂は信じた。三島が日本刀をふるってと教えられたためだった。

《他の誰が、こんな古めかしい武器で、しかも白昼堂々と、目標はいずれにせよ、襲うはずがない。》

テレビのスイッチを入れたが、なかなか画像が出ない。チャンネルをまわしていると、フジテレビのところで、「フーム。すると三島さんはまだ中にいるんですね」との声が聞こえた。すぐに画像が出て、アナウンサーらしき男が電話に聞き入っていた。

《男はやがて正面を向くと、何度もくりかえした口調で、「今日午前十時二十分（午前十一時二十分〉、小説家三島由紀夫氏ら楯の会会員数名が、陸上自衛隊市ヶ谷駐屯地に乱入、総監をしばり上げた後」と経過を報告し、最後に、「三島氏は切腹しましたが、その生死は不明です」と言った。》

テレビが三島は亡くなったと報じたり、それを訂正したり、またさらに訂正して、混乱している間、野坂は同世代の何人かの知人に電話をし、そのうろたえ方を確かめるという悪趣味なことをしている。といっても、野坂独特の偽悪的な書き方なので、実際のところは分からない。

《旅館の主人、新聞記者、商社マン、教師、織物会社社長など、果して異口同音にうなり声を上げ、いったん電話をきって、またかけ直すといい、一人が受話器をとったままＴＶをつけて、ぼくは電話ごしに、三島さんの死を知った。切腹までは、興奮状態だったのに、いざ死を告げられると、げんなりしてしまい、ただ陰鬱《いんうつ》な気持で、あらためてビール片手にＴＶの前へすわりこみ、やがて新聞社や雑誌社から意見具申せよとのお達しが、とどきはじめたが、逃亡学の権威としては逃げの一手、ひたすらある種の感動に身をゆだねていた。》

野坂は、その感動をこう説明する。

《人間が死を賭して何ごとかを為す場合、事の理非曲直を問わず、ぼくはつい背筋にしびれが走る。ＴＶでさまざまに解説していて、楯の会がクーデタをもくろんだやら、また三島さん自身の言葉、去年十月二十一日の強力な警察力動員による反体制勢力鎮圧の成功により自衛隊の治安出動は今後あり得ず、ひいては憲法改正のチャンスを失ったとする考え方も、ただ奇妙にしか感じなかったが、とにかく、自らの言葉に責任をとって、いさぎよく死んだという事実に、うたれてしまう。》

政治的な立場を異にする者ほど、三島の行動力に心を打たれる。野坂もそのひとりだった。夕方までに、野坂はビールを十二本あけたと書いている。

**丸山健二**

丸山健二がテレビを見続けていると、アナウンサーが三島の自殺を告げた。丸山は舌打ちをした。

これで三島の本は売れることだろう、と思った。さらには、太宰の命日がそうなったように、今後、十一月二十五日は三島由紀夫の日になるのだろうとも思った。

**三島邸**

平岡梓はテレビを見続けていた。それしか、彼にはやることがない。

《次の画面には「割腹」と出ました。ちょっとびっくりしましたが、現在の進歩した外科医術では腹を切ったぐらいなら、そつなくやれば何とか命は助かり得ると聞いていましたし、幸い

時刻も真昼間、有名病院も場所柄たくさんあるので、すぐ運んで処置してくれるだろうと考えました。》

と、割合と冷静である。そして「どうなっても命があればいい、ただ筆とる右手だけは無傷であってほしい」と祈っていたという。だが、

《ちょっと間を置いて次の画面が出ました。「介錯《かいしゃく》……死亡」とあるのです。しかしこれを見てもあっと思っただけで別に強烈なショックは感じられませんでした。もちろん涙なんか一滴も出ませんでした。僕の脳味噌は到底あり得ないこと、信じられないことを受付けなかったのでしょう。ただ僕は、不思議なことに画面の「介錯」という字を「介抱」と誤読して「介抱したが死亡した」と諒解し、なぜ万全の介抱を受けられなかったのだろう、と残念に思い、医者を恨んでいたのです。》

平岡はそれから妻やその他の各方面に連絡をとり始める。そのやりとりのなかで、ある人から「介錯させたとは思い切ったことを」と言われ、「介抱」ではなく「介錯」であったと思い当たる。《実にひどい誤読をしたものです。とまれこれでピリオッドです。万事休すです。》

妻、つまり三島の母は帰って来ると、玄関の敷居をまたぐや、三和土《たたき》に座り込んでしまった。妻とどんな会話を交わしたのか、平岡はまったく覚えていないという。その頃から三島邸の出入りは激しくなり、混乱がはじまっていく。

## ダイエー赤羽店

この日のダイエー赤羽店の様子を、後にノンフィクション作家の佐野眞一は、『カリスマ——中内切とダイエーの「戦後」』でこう綴る。

《三島が市ヶ谷台のバルコニーの上から、「このままいったら『日本』はなくなってしまう。かわりに、からっぽで抜け目のないだけの経済大国が極東の一角に残るだけだ」と絶叫しているとき、三島が唾棄してやまなかった〝商人国家〟の大衆は、観念の自家中毒に陥って切腹した作家をあざ笑うように、格安のカラーテレビを何とかあてるべく、回転式抽選器をガラガラと回していたのである。》

佐野は、この日、赤羽にいて、この光景を見ていたわけではない。二十数年後に調べて書いたのだ。

佐野自身はこの年、二十三歳。早稲田大学第一文学部卒業後、「新宿大ガード近くの小さな出版社」（勁文《けいぶん》社のことと思われる）にいた。

会社にいた佐野は、昼頃、外回りから帰って来た営業部員から事件を聞いた。カーラジオで臨時ニュースを流していたというのだ。あわてて、テレビをつけた。

《まだその段階では市ヶ谷の自衛隊に乱入したという情報だけで、生死についてはわからなか

った。ほどなく割腹自殺したというニュースがテレビで報じられたとき、私はいいしれぬ衝撃を受けた。》

佐野は高校時代から三島を愛読していたのだ。

この日の後、佐野は三島作品をほとんど読まなくなる。だが、

《現在にいたる私の仕事の核に、私自身もわからないあの日の衝撃があることは確かである。》

**横尾忠則**

美術家の横尾忠則は、この年、三十四歳。この年、交通事故でムチ打ち症になり、その後、動脈血栓となり、一時は足を切断しなければならないとまで宣告された。しかし、東洋医学の医師にかかると、薬も手術もなしに恢復していく。それでも、立つことも歩くこともできず、自宅で療養していた。そして、詩人の高橋睦郎《むつお》からの電話で事件を知る。

《三島さんの衝撃的な自決は、日本中を震撼《しんかん》させる事件だった。このニュースをオンタイムでテレビで観ていたぼくは、驚きのあまり言葉を失っていた。》

横尾は三日前に三島と電話で話したばかりだった。しかし、その電話での話しぶりからは、三島がこのようなことを考えていたとは、想像もできなかった。

《虚実の区別がつかないほどとまどった》と横尾は回想する。

三島は小説の仕事としては、この日に大長編『豊饒の海』を完結させたことになっているが、実際はもっと前に書きあげていたようだ。さらに、十一月十二日から十七日にかけては、池袋の東武百貨店で「三島由紀夫展」を開催している。三島のこれまでのすべての業績が展示されており、あとから思えば、これは回顧展だった。

このように、「全てを終えて」から死んだように思われるが、いくつかのプロジェクトが未完に終わった。小説は自分一人でどうにでもなるが、他人との協同によるプロジェクトは、三島の思うようには進まなかったのだ。ひとつは、国立劇場で前年に上演した歌舞伎『椿説弓張《ちんせつゆみはり》月《づき》』を文楽として上演する計画で、上中下の三巻のうち、上だけしか出来上がらなかった。

写真集も二つ、進行していた。ひとつは、細江英公《えいこう》が撮った三島のヌード写真集『薔薇《ばら》刑《けい》』の新編集版だった。一九六三年三月に杉浦康平による装幀で刊行され、話題になったものだが、それを横尾の装幀で作り直すことにした。三島としては、東武百貨店での展覧会に間に合わせ、その会場で販売したかったらしいが、横尾の病気のため、遅れていた。

もうひとつも横尾が関係する企画で、篠山紀信の撮影で「男の死」と題する写真集を出版することだった。これは、三島と横尾が被写体となり、それぞれが何種類もの死の場面を演じるという趣向だった。設定も、さらにはカメラアングルまで三島が決めていたので、篠山紀信としてはただシャッターを押すだけのような仕事で、途中から厭になり始めていたらしい。この

「男の死」の三島の撮影は終わっていたが、横尾のパートの撮影が進んでいなかった。

このように、横尾の病気のせいで、二つの企画が思うように進まず、三島は横尾に、「足は俺が治してやる」と無茶苦茶なことまで言う始末だった。

《乱暴ともいえる言葉で催促されたが、今から思えば三島さんの死の一環として計画されていた、本人にとっては非常に重要な写真集だっただけに、ぐずぐずしていたぼくの態度にやりきれないものがあったはずだ。》

結局、篠山が撮った三島の写真も、数枚を除いて公にはされず、写真集「男の死」は「幻の作品」となる。

## 文化放送

堤清二が出演した緊急座談会は一時間ほどで終わった。

堤はスタジオを出た。玄関ホールにあるテレビには、三島がバルコニーから自衛隊員に向かって演説している姿が映っていた。それが生放送なのか、録画なのかは分からなかった。

「三島由紀夫が自害したようです」

と誰かが叫んだ。堤は茫然自失のまま、文化放送を後にして、池袋の西武百貨店の事務所に向かった。

## 市ヶ谷、自衛隊駐屯地

佐々淳行が、市ヶ谷の自衛隊駐屯地に着いた時は、すべてが終わっていた。

「後の祭り」と佐々は後に書く。

佐々は所轄署である牛込警察署の三沢由之署長の説明を受けながら、三島と森田の遺体に近づいていった。その時、足元の絨毯《じゅうたん》が「ジュクッ」と音をたてた。二人の遺体から流れ出た血液の血溜まりに足を踏み入れてしまったのだ。東部方面総監室の床には、真紅の絨毯が敷き詰められていたので、その赤と血の赤との区別がつかなかったのだ。

佐々は《あの靴裏の不気味な感触は、四半世紀経った今でも忘れられない》と書いている。

## 新潮社

新潮社の小島喜久技は異変を知った時の社内の様子についてこう回想する。

《「一体どうしたんだい？　三島さんは……」

「三島さんの名を騙《かた》る贋者じゃないのかい？」

慌しく交される声。廊下を急ぐ人の動き。乱れる足音が、テレビのある三階の方へなだれていく。波にひかれるように私も宙を飛んだ。重なり合う人の頭ごしに画面を捉えたとき、「自決をはかる」という文字が走った。アッと、脳天に一撃を浴びた気がした。何を早まって……。たとえ不自由な身体になってもいい、生命だけはとりとめて欲しい、と念じたのも束の間、瞬く間にその希望は空しくなった。とり返しのつかぬことを……と頭から血がひき、目の暗むなかで、そうだったのか、と俄かに明瞭に、霧が晴れるように見えてくる一齣《ひとこま》一齣の連なりが、走馬燈のように廻り出した。》

「新潮」編集部は四階にあった。小島は編集部に戻り、自分のデスクで原稿を点検した。「天人五衰」の二十六章から三十章まで、百四十枚の原稿だった。これまでの月の倍から三倍の量だった。

小島は落ち着かず、再び三階に行った。「週刊新潮」編集部の菅原国隆がいた。菅原は三年前に「週刊新潮」に移るまでは「新潮」で三島をそのデビュー当時から二十年にわたり担当していた。菅原は、小島の顔を見ると、「変わった様子でもなかったのかい」と言った。

「僕だったら、気づいたかもしれないよ、多分ね」

それには、怒りがこもっているように、小島には聞こえた。

菅原は、机にしがみつき、ペンを握りしめていた。

《ちょっとでも手を休めたら、つかえた憤懣のやり場がなくなるか、または落胆でバラバラに砕けるか、という風》だったと小島は、その様子を記している。

小島は、身の置きどころがなかった。誰も彼女を責めはしなかった。しかし、《どこから発するともしれない弾劾の声と、刺すような視線の鞭を四方八方から受けるように感じられて、がんじがらめに拘束され、一旦腰を下ろせばそのまま椅子に縛りつけられて、立ち上るのにメリメリと音を立てそうであった。》

## ホテルニューオータニ

喫茶店での森村誠一への取材は続いていた。

再びボーイがやって来た。興奮して、言った。

「三島由紀夫が、いま割腹自殺を遂げたそうです」

記者は激しい衝撃を受けた。しかし、森村は平然としていた。

《森村さんにとっては、三島由紀夫の割腹自殺など滑稽か狂気にしか過ぎなかったのだろう。森村さんなりの批評であったのだろう。》

記者は後に森村のこの時の胸中をこう推測する。

取材が終わると、森村は喫茶店のケーキコーナーに行き、いくつか選ぶと、記者に渡した。

「ここのケーキはおいしいんです。編集部に持って行って下さい」

記者はホテルのすぐ近くの文藝春秋社に急ぎ足で戻った。

その記者とは、後にノンフィクション作家となる大下英治である。この年、二十六歳。広島大学文学部仏文科卒業後の一九六八年に大宅《おおや》壮一《そういち》の「大宅マスコミ塾」に入り、梶山季之《としゆき》のスタッフライターを経て、この年から「週刊文春」特派記者となっていた。大下は「週刊文春」に一九八二年まで在籍し、その後は作家に転身する。

当然のことながら、編集部は大騒ぎだった。

「週刊文春」はこの週は二十七日金曜日が発売日だった。すでにとっくに校了となっており、二十七日に発売される十二月七日号には三島事件についての記事はない。この週の目玉はアメリカの「ライフ」、イギリスのザ・タイムズと同時掲載となる「フルシチョフ秘録」の連載第一回だった。だが、充分に間に合うはずのその次の週でも、他誌が三島特集を大々的に組むなか、「週刊文春」はその差別化を図る意図があったのであろうか、あえて、三島特集は組まなかった。結果として、同誌の部数は激減してしまう。

大下は、「『三島由紀夫の幸福な死』の作者は誰か？」という記事を書く。その四カ月前にガリ版刷り四十ページの「天皇裕仁と三島由紀夫の幸福な死」という小説が地下出版されており、この小説を書いたのは誰かという内容の記事だった。だが、これが掲載されるのは、年が明けてからの七一年二月二十二日号だった。

**倉橋由美子**

倉橋由美子の家では、刑事がぐずぐずしているうちに昼が過ぎていた。そこへ、制服警官がオートバイに乗ってやって来た。

倉橋が《いよいよクーデターでも勃発したかと胸をときめかしていると》、警官は彼女が何も知らないでいるのを不審に思ったのか、

「本当に知らないんですか。死んだんですよ」と言った。

誰が死んだのかを警官が言わなかったので、倉橋は夫が交通事故にでも遭って死んだのかと思った。警官が呆れたように、

「お宅では昼間はテレビを見ないのですか。いま、テレビでやっていますよ」と言うので、夫がとんでもないことでもしたのかと、あわててテレビをつけた。そして、フジテレビが現場からの中継をしているのを見た。

《私ははじめて事件を知り、総監室の床のうえに二つ並べておかれていたものを見た。警官たちは私がうろたえている有様を見とどけると安心した様子で引上げていった。》

新左翼シンパと見做されていた倉橋のもとに、なぜ、この日、刑事がやって来たのだろう。彼女は過日、「自分がもし男だったら楯の会に入るのに」と朝日新聞のインタビューに答えたのを思い出した。それがチェックされていたのだ。後藤田体制のこの時期の公安の優秀さを物

語っている。
警察が来たぐらいだから、マスコミからもコメントを求める電話が殺到した。しかし、倉橋はすべて断った。《茫然自失という極り文句で形容される以外の状態になることはできなくて、つまり口もききたくなかったから》だと、説明する。
「新潮」一九七一年二月特大号の三島追悼特集への文章で、倉橋はこの事件で思い知らされたことは、《私が男ではなかったということで、いうべきことはそれにつきるかもしれない》と書く。
《三島由紀夫氏がしたことは、女には絶対にできないことなのだった。本当のところをいえば、男のなかにもあれができる男がいるとは考えてもみなかった。》
時代が変わって、あのようなことのできる男がいなくなったと思っていた自分の無知を、三島に対し恥じて、謝すべきであると倉橋は述べる。そして同時に、
《男、あるいは人間について適当に高をくくって、見るべきものを見ていなかったことをまず自分に恥じる必要がある。》
倉橋は、三島は神になったのだから、冥福も極楽往生もないとして、追悼文を終えている。

佐藤総理大臣は商工会連合会の大会での挨拶を終えると、総理大臣官邸に戻り、昼食をとった。その席で事件を知った。官房長官保利《ほり》茂と共に沈痛な空気のなかでの食事となった。

佐藤は三島とは何度も会っていた。公邸に招いて食事をしたこともあった。それだけに、意外だった。

佐藤の日記にはこうある。

《丁度十一時半頃警視庁からの連絡で、市ヶ谷自衛隊総監本部に暴漢乱入、自衛官陸佐等負傷の報あり。一時間後には、この連中は楯の会長三島由紀夫その他ときいて驚くのみ。気が狂ったとしか考えられぬ。詳報をうけて愈々判らぬ事ばかり。三島は割腹、介錯人が首をはねる。立派な死に方だが、場所と方法は許されぬ。惜しい人だが、乱暴は何といっても許されぬ。》

**椎根和**

雑誌「an·an」の編集者椎根和《しいねやまと》は、昼過ぎに電話で起こされるまで自宅で寝ていた。それはいつものことだった。夕方から出社し、深夜まで仕事をするというのが、椎根の出勤パターンだった。特に十一月下旬は十二月に発売される新年号の入稿のため、雑誌の編集者は一年で最も忙しい。椎根も前日の夜遅くまで、正確にはこの日の午前四時まで仕事をし、その後に新宿西口で飲み、自宅に着いて寝たのは午前九時だった。

椎根はこの年、二十八歳になる。早稲田大学を卒業した後、婦人生活社に入り、「婦人生活」誌で皇室記事の担当をしていたが、一九六七年に平凡出版（現・マガジンハウス）に転職し、「平凡パンチ」の編集部に入った。当時の平凡出版は「月刊平凡」「週刊平凡」がともに百万部を誇り、一九六四年に青年向きに創刊された「平凡パンチ」も百万部を突破し、社員は年四回のボーナスをもらっていた。

椎根は「平凡パンチ」の編集者だった一九六八年四月に初めて三島にコンタクトをとり、以後、何度も取材をしたり、エッセイを書いてもらったりしていたのだ。そして、創刊される「an・an」に異動になった。そんな関係があったためか、三島は「an・an」創刊にあたって、メッセージを寄せている。

電話はフリーライターの三宅菊子からだった。三宅は女三代がもの書きという家系の女性だった。祖母が小説家で評論家でもあった三宅やす子、母が作家の三宅艶子《つやこ》だ。三宅菊子はフリーライターとして、平凡出版の雑誌、「週刊平凡」などに書いていた。「an・an」には創刊号から関わっている。

三宅は「テレビ見て、三島が自衛隊で……」と椎根に言った。椎根はテレビをつけた。

《バルコニーで演説している三島の姿が、くり返し放映されていた。テロップは、割腹……、死亡……、と報じていた。

ぼくはテレビにむかって、「ほらみろ、三島の対談をやっとけば、アンアンは、バカ売れしたのに……。チャンスを逃がしたじゃないか……」と、木滑編集長に対する怒りをはきだし、すぐベッドにもぐりこんで、また寝た。》

当時の「an・an」編集長は木滑良久《きなめりよしひさ》。伝説となっている名編集者だ。

椎根は「an・an」新年号のための企画として、三島と、当時人気絶頂だった女優の藤純子《じゅんこ》（現・富司純子《すみこ》）との対談を企画した。

だが、四十五歳の人気作家と二十四歳の人気女優の対談を木滑は却下した。「三島の人気のピークは過ぎた」「人気の過ぎた人を出すと、雑誌が古くさくなる」というのが、その理由だった。これが、九月のことである。芸能界に精通し、大衆の人気というものに対し独特のカンを持ち、数々の伝説をつくってきた木滑の言うことなので、椎根は従わざるをえなかった。

こうした背景があっての、受話器に向かっての椎根の言葉だった。受話器の向こうにいるのは、木滑ではなく三宅なのだが、すぐに木滑にも伝わったのではないか。

## 平凡出版、「an·an」編集室

この日の「an・an」の編集室は、《妙に静かだった》と当時、編集部にいた赤木洋一は回想している。赤木はこの年、三十四歳。早稲田大学第一文学部仏文科を卒業して、一九六四年に平凡出版に入った。後に社長になる。

《この衝撃的なニュースを知って市ヶ谷の自衛隊に向かったスタッフもいたが、編集室にいた連中はテレビの前で妙に静かだった。重苦しい空気に包まれていたのは、この「事件」をどう考えていいのか、それぞれが判断しかねて口を重くしていたからだろう。ぼくもデラパン〔平凡パンチ・デラックス〕で横尾忠則を取材していたときに、彼と訪れた南馬込の三島邸で、本人からコメントをもらったことがあったのだが、テレビの映像を呆然と見続けていただけだった。》

そして、しばらく経って、「三島由紀夫は狂った」という声が編集室に響いた。病気で編集長を退いていたはずの柴崎文《ぶん》が、なぜか編集部に来ていたのだ。この事件を知って来たのか、偶然なのかは、赤木は記していない。

「いや、狂ったのではないと思いますね」と甘糟章《あまかすあきら》が言うと、編集室には再び沈黙が戻った。

甘糟は七三年に編集長になり、この赤字雑誌をドル箱に変える。

### 円地文子

円地文子はテレビで三島が切腹し血まみれになっていると報じられると、「死に損なってくれればいい」と真面目に思った。だが、その一方で、三島がみっともなく死に損なうことはなく、綺麗に死ぬに違いないと考えていた。

円地は三島が劇場、すなわち演劇が好きだったことを思い出す。そして、三島の戯曲に傑作が多いことを思うとともに、三島の愛した芝居の世界での「花」のある役者が少ないことに思いをいたらせる。その花のある役者とは、

《その俳優が舞台に出ていることで、舞台全体がぱっとはなやかな雰囲気になる……つまり花の咲いている印象を云うのである。

三島氏には、そういう花があった。

亡くなったあとで、一層そのことを切実に思う。》

円地が三島への「思い」を小説にしたのが、『冬の旅』という短篇である。

### 神田・神保町

東京・神田神保町の古書店、山口書店の店主山口基《もとい》は、テレビでニュースを知った。

山口は後に三島由紀夫の年譜や文献情報についての著書も出す三島研究家でもある。

通っていたジムが近いことから、三島がよくこの店に立ち寄り、親交が始まった。

《私は直ちに店を閉めて、市ヶ谷へ駆けつけようとした。しかし、それでどうすることができるのか。私が今、ほんとうにやらなければならないことは何であろうか。私は店頭のウインド

ーの中にあった氏の著書をすべて奥へ引っこめ、かわりに氏の遺影に菊花をそなえ、あわせてそのライフ・ワークの『豊饒の海』三冊を飾った。》

全四巻となる『豊饒の海』だが、この日、最終章の原稿が新潮社に渡されたわけで、当然、まだ第四巻は本になっていない。だから、三巻までしかなかった。


ニュースが流れてから、新刊書店はもちろん、古書店にも多くの客が三島の本を求めてやって来た。山口の店にも多くの客が訪れ、三島の本を求めた。だが、山口は、一切、売らなかった。「本を売るのが商売だろう」と怒る客もいた。「バカな奴だ」と言う同業者もいた。

《しかし、私は誰に何といわれようとも三島氏の死を商売のタネにすることはできないのである。》

山口の決意は固かった。

**大映**

大映（現・角川映画）のプロデューサー藤井浩明は、この日は昼頃に大映本社に着いた。玄関で待ち受けていた企画部の若い社員が、藤井の顔を見るなり、叫んだ。

「三島先生が、大変です！」

藤井はこの年、四十三歳。早稲田大学卒業後、大映に入社し、主に市川崑、増村保造らの作品をプロデュースした。一九五七年に三島の『永すぎた春』を、増村保造監督、若尾文子《あやこ》主演で映画化したのが、三島との関係の始まりだった。一九六〇年に三島が主演した『からっ風野郎』も藤井のプロデュースである。三島が原作・脚色・監督・主演した映画『憂国』の製作にも、会社に黙って協力した。

映画『憂国』は一九六五年の作品だった。三十分ほどの短編で、台詞はまったくなく、ワーグナーの音楽がひたすら流れているだけだ。三島の切腹シーンが話題となった。

一九七〇年の夏、藤井と新潮社の新田敞は三島と食事をした際、「いずれ私の全集が新潮社から出るだろうから、その時は、最終巻に『憂国』を入れてもらいたい」と言われていた。この時期、ＤＶＤはおろか、ビデオもまだ一般的ではない。

事件後、観たいと希望する声は多かったが、『憂国』は遺族の意向で封印され、映画館で上映されることもなかった。二〇〇六年になって、ようやく、新潮社の「決定版三島由紀夫全集」の別巻としてＤＶＤになった『憂国』が発行される。

## 市ケ谷周辺、タクシー

事件の通報で警察が駆け付け、さらにマスコミも押し寄せるので、市ヶ谷界隈の道路は大渋滞となった。それに巻き込まれ、自衛隊の前で動けなくなったタクシーの中に、作曲家の武満《たけみつ》徹《とおる》がいた。武満は三島とは一度しか会ったことがなかった。

タクシーのラジオでは、事件の実況中継をしていた。武満は自衛隊の目の前で、自衛隊の中で起きていることを実況しているのを聞くという不思議な体験をした。

武満が、タクシーで市ヶ谷にいたのは、自衛隊市ヶ谷駐屯地のすぐ近くのフジテレビに向かうためだった。番組に出るためでも、音楽の打ち合わせでもない。その日は、フジテレビと関係の深いオーケストラである日本フィルハーモニーの指揮者、小澤征爾の父の葬儀が、フジテレビの講堂で行なわれていたのだ。小澤は武満の親友のひとりだった。この年、武満は四十歳、小澤は三十五歳。

小澤の父開作が亡くなったのは、十一月二十一日だった。一八九八年に山梨県で生まれ、歯科医となったが、民族主義運動の活動家でもあり、満州・長春へ行き活動した。息子「征爾」の名は、板垣征四郎と石原莞爾《かんじ》からとられたのは、よく知られている。そして開作は、三島と民族派の学生を仲介した。

小澤征爾も三島と交流があった。少なくとも、小澤としては三島と親しいつもりでいた。小澤は一九五九年に日本では無名のまま単身渡欧して、フランスの指揮者コンクールで優勝、ニューヨーク・フィルハーモニックの副指揮者になって凱旋帰国し、その後、一九六二年にはNHK交響楽団の実質的な首席指揮者になっていた。

しかし、楽団員との間で感情的な対立が生まれ、リハーサルをボイコットされ、コンサート中止という事件に発展する。これにより小澤の日本での指揮者生命は断たれたかと思われたが、翌年（六三年）一月十五日に、浅利慶太、石原慎太郎といった同世代の仲間によって開催された「小澤征爾の音楽を聴く会」が成功し、N響に一泡吹かせた。世にいう「N響事件」である。

この時、三島も発起人の一人として名を連ね、当日は花束を渡し、さらに朝日新聞に小澤に好意的な文章を寄せて援護した。また、三島が書き下ろしたオペラ『美濃子』を、黛《まゆずみ》敏郎が作曲して、浅利慶太の演出、小澤の指揮で、日生劇場で上演する計画もあったが、黛の曲ができず、これは実現しなかった。

小澤はこの年からサンフランシスコ交響楽団の音楽監督になっていたが、八月から九月にかけて、ニューヨーク・フィルハーモニックが来日公演をした際は、レナード・バーンスタインと公演ごとに分担して指揮をした。大阪からコンサートは始まり、福岡、京都、名古屋とまわって、東京は九月七日から九日までだった。

小澤は武満との対談でこう語る。

《バーンスタインさんが来日していて帝国ホテルへ会いに行ったんだ。ちょうど三島さんがバーンスタインの部屋から出てきて、そこで三島さんと出会ったんだ。三島さんは、何かおれのことを怒っていたんだね、あんなに親しかったのに、廊下ですれ違っておれがオスッて手を揚げると、顔をそむけて挨拶もしないんだ。帝国ホテルの廊下といったら、せいぜい四メートルぐらいしかないでしょ。向こうから歩いてきて……、おれは顔を見て、三島さんは顔をそむけて通り過ぎて行っちゃったんだよ。もう死ぬつもりだったんだろうけどね。》

　小澤は気になったので、三島の家に電話をした。三島の妻が出ただけで、三島とは話せず、何がなんだか分からないまま、小澤はアメリカに向かう。そして、父の訃報で、急遽、また日本に戻り、その葬儀の日に、今度は三島が亡くなったわけだ。

「あんなの信じられないよ。不思議な気がしたよ」と小澤は語る。

　三島の全生涯の出来事を、可能な範囲ですべて何月何日と特定している安藤武による『三島由紀夫「日録」』には、あるいは新潮社の「決定版三島由紀夫全集」第42巻の年譜にも、バーンスタインとの面談の記録はない。

　対談では、小澤征爾は「バーンスタインさんは三島さんの死をよく理解していたみたいだよ」と語り、武満は「それも不思議な話だね」と応じている。

　バーンスタインと三島の接点を証言するのが、映画プロデューサーの藤井浩明である。映画『憂国』のＤＶＤが「決定版三島由紀夫全集」の別巻として発行された際のブックレットにその事情を記している。

　藤井はこの映画がフランスの映画祭で評判を呼んだことから、来日した際に観たがる外国の芸術家・文化人に見せる役割を担っていた。

『憂国』を非公式に観たその芸術家のひとりに、レナード・バーンスタインもいた。藤井によると、バーンスタインは来日の際にお忍びで東宝の試写室に行き、『憂国』を観た。その場に三島はいなかった。

「とても素晴らしい映画だ」とバーンスタインは言って、藤井に質問した。「しかし、なぜ日本古来の音楽ではなく、ワーグナーの《トリスタンとイゾルデ》を使ったのだろう」

藤井は三島に代わって答えた。「三島はワーグナーの音楽が大好きなのです」

バーンスタインはその答えに納得した。そしてこの瞬間に、この敏感な芸術家は三島の死も予感したのかもしれない。

藤井は知らないのか、あえて書かなかったのか、バーンスタインと三島とがホテルで面談したことは何も記していない。小澤のみが偶然知った二人の芸術家の出会いのようだ。

## 岐阜

岐阜の酒井雲宅に村田英雄が着いたのは、昼を少し過ぎた頃だった。

村田は着くなり、三島から電話があり、紅白出場への祝辞だったと聞いて、

「わざわざ旅先まで電話をくれるなんて、どういうことなのだろう」と思った。

村田が事件を知るのはその直後だった。

## 総理大臣公邸

内閣総理大臣佐藤栄作の妻佐藤寛子は、昼過ぎに外出先から総理大臣公邸に戻った。彼女の顔を見るなり、護衛官が言った。

「ただいま、三島由紀夫という人が、同志四人と自衛隊の市ヶ谷駐屯地へ乗り込んで、益田東部方面総監室で自害しました」

その時点では、まだ三島が亡くなったかどうかの確認はとれていなかった。しかし、佐藤寛子は《深い悲しみとともに、三島さんはおそらく、みごとに割腹自殺されたにちがいない――という確信に近い予感がありました》と回想する。

佐藤が思い出したのは、三島が出演した映画『憂国』と、三島の小説『豊饒の海』第二巻「奔馬《ほんば》」だった。

佐藤寛子は、三島の母平岡倭文《しず》恵《え》と親友の関係にあった。二人が知り合ったのは、昭和二十二年、佐藤栄作が政界入りする前で運輸省の役人だった頃だった。その関係もあり、三島は佐藤夫妻とも親しく交際していた。

《三島さんの死にあたって、私どもの立場は複雑でした》と佐藤寛子は回想する。

《主人は現職の総理であり、三島さんたちの行動は、かたくるしくいえば、政府に対する「反乱」の意味もあります。ですから、どのような仕方でお悔やみを申し上げればよいのか、むずかしいことでした。》

**矢代静一**

劇作家で、三島の文学座時代には同志だった矢代静一は、自宅で事件を知った。

矢代はこの年、四十三歳。早稲田大学文学部仏文科に入学するが、休学して俳優座に入り、一九五〇年に文学座に移って、三島との親交が始まった。一九六三年に三島が文学座のために書いた『喜びの琴』の上演中止事件で文学座が分裂した際は、矢代は三島と共に文学座を退座し、グループＮＬＴ結成に参加した。ＮＬＴは、「新文学座」を意味するラテン語「Neo Litterature Theatre」の頭文字をとったものだった。しかし、このＮＬＴも一九六八年に分裂し、三島は浪曼劇場を結成する。矢代はフリーになった。

《バルコニーで仁王立ちになっている三島の姿がテレビに映されたとき、見ていた私の右上顎の奥歯がコロリと抜け落ちた。私はいまでも、偶然ではなく、それはミステリアスな三島の呼びかけだと思っている。》

矢代は親交のあった同世代の演劇人、加藤道夫（一九一八〜一九五三、自殺）、三島由紀夫、芥川《あくたがわ》比呂志《ひろし》（一九二〇～一九八二）の三人の回想を『旗手たちの青春』と題して、一九八五年に上梓《じょうし》するが、その最後の章にこうある。

《彼等は三人が三人とも、人生のスタートラインについたときから、常に一番を志していた。だから劇的生涯を送ったのはもっともなことである。むろん、志を達成させるための方法は違っていた。》

三島の死から十五年後に出されたこの本を書くにあたり、矢代は新聞の切抜帖から、一九七〇年十一月二十五日の朝日新聞の夕刊を取り出す。

《もう一度、自衛隊バルコニーで屹立している姿を眺める。美しく装っている。まるで舞台の書割りを背にして演じているようだ。私はつぶやく、「伝説の人になってしまったね」。》

矢代は弔問には行かなかったので、三島の死に顔は見ていない。

### 橋本治

作家橋本治はこの年、二十二歳。彼は一九六七年四月に東大に入学していたので四年生だった。一九六八年の東大駒場祭で、「とめてくれるなおっかさん　背中のいちょうが泣いている　男東大どこへ行く」というコピーを打ったポスターを作り、注目された。イラストレーターになるか、作家になるか迷っている時期だった。

橋本は《その頃の私は、自分が在籍している大学に対して、一切の関わりを持ちたくなかった》と回想している。大学で何が起こっても関心がなく、その日も、大学には行かず、家の自分の部屋にいた。彼に三島の死を知らせたのは、母親である。母親はテレビかラジオでそのニュースを知り、橋本の部屋へやって来て、「あんた、三島さんが死んだよ」と言った。

《私の母親が、三島由紀夫の作品を読んだことがあるのかどうかは知らない。しかし、それでも「さん」付けである。私は「三島由紀夫と知り合いなの？」といやみを言ってしまったが、三島由紀夫は、全然関係のない人間から作家が「さん」付けで呼ばれるような時代の作家だった。その時代に生きる人間は、作家に敬称を付けて呼ぶことを疑わなかった。ちなみに私の母親は、三島由紀夫より二歳の年下である。同時代に生きているという以外になんの縁《ゆかり》もない人間が、作家というものを「尊敬に価《あたい》する隣人」のように思っていた時代は、三島由紀夫の死と共に終わってしまっただろう。》

橋本が三島の死を知らされてまず思ったのは、「じゃ、これで三島由紀夫の作品が安心して読めるな」だったと、『「三島由紀夫」とはなにものだったのか』に記している。彼は三島が嫌いだったのだ。スター作家として、うっとうしい伝説が立ちはだかりすぎるのが、その理由だった。

その時点で橋本が読んでいた三島作品はいくつかの戯曲と、三島が編集した豪華写真集『六世中村歌右衛門』だけだった。一九五九年に限定五百部・定価一万五千円で発行された写真集で、当時としては高価だが、現在の古書相場でも十二万円から十五万円といったあたりだ。橋本は歌右衛門のファンだったのでこれを持っていたのであり、三島のファンというわけではなかった。だが、小説は読まなくても、三島の戯曲の上演はよく見ていた。

橋本はそれから二カ月後の一九七一年一月から、三島の最後の作品となる『豊饒の海』の第一巻『春の雪』を読み始める。そして、三十年後に、三島についての本を書く。

## 日比谷

東京地裁での永山則夫の裁判の傍聴を終えたばかりの井出孫六は、法廷での、自分の犯罪は天皇制の差別と深くつながっているという言葉と、「天皇一家をテロルで抹殺しろ！」との叫び声の衝撃が持続したまま、日比谷のレストランに入り、そのテレビの画面で、三島の姿を見る。

《（永山の）そのなまなましいことばのひびきにかぶさるように、テレビに映しだされた三島由紀夫の口をついてでた〈天皇陛下万歳〉という叫びが重なった。

昭和四十五年十一月二十五日の正午、ぼくは東京の日比谷にいて、この国の精神風土の底深く走る活断層を見たような気がした。》

そして、井出は三島とのこれまでを回想する。

井出が中央公論社の編集者として三島と会ったのは一度だけだった。入社して三年目の一九六〇年九月初めで、「中央公論」編集部が三島に依頼していた小説を受け取りに行く役目を命じられたのだ。その時、井出が受け取ったのは、『憂国』だった（註・井出は「九月」と記しているが、三島全集の年譜によると、『憂国』を書き終えたのは、十月十六日）。

井出は枚数だけ確認して、原稿をカバンに収めた。三島とは小一時間雑談をした。三島は深沢七郎の新作『風流夢譚《ふうりゅうむたん》』を原稿段階で読んでおり、こう言った。

「深沢さんの今度の新作はなかなか扱いが難しいと思うけれど、ぼくのこの作品と並べて載せれば、毒が相殺されるはずだよ。このことを編集長によく伝えておいてくれたまえ」

井出はこの時の三島について、週刊誌で伝えられる《偽悪的ポーズとはかけはなれた真摯さにいろどられていたように思う》と回想している。

しかし、「中央公論」は、三島の助言に従わなかった。十一月発売の十二月号には深沢の『風流夢譚』のみ掲載し、『憂国』は一九六一年一月発売の「小説中央公論」冬季号に掲載されることになったのだ。

深沢の『風流夢譚』はそのタイトル通り、夢の話である。だが、その夢に問題があった。都内に起こった「革命のようなもの」のために、天皇、皇后をはじめとする皇族たちが首を切られるシーンがあったのだ。たちまち問題となり、宮内庁が「皇族に対する名誉毀損・人権侵害だ」と、法務省に法的措置の検討を求めるなどの事態に発展した。告発は無理との判断が非公式に示され、その一方、中央公論社は編集部長が宮内庁に出向き謝罪の意を表明し、鎮静化を図った。だが、右翼団体の抗議が激化し、ついに、翌年二月に中央公論社社長嶋中鵬二《しまなかほうじ》邸に十七歳の少年が侵入し、家政婦の丸山加禰《かね》を刺殺、社長夫人の嶋中雅子に重傷を負わせるという事件となる。少年は当日朝まで大日本愛国党の党員で、翌日、自首して逮捕された。

三島の助言通り、『憂国』と並べて掲載していたら、このような騒ぎにはならなかったかもしれないが、もっと大騒ぎになったかもしれない。三島は当初は『風流夢譚』を支持し、一部では、三島が推薦人だとも言われていた。そのため、三島も右翼勢力から批判される。

この『風流夢譚』と三島との関係については、「週刊新潮」編集長の野平健一が、一九七一年の講演で次のように語っている。

この小説を三島が推薦したという噂から三島も右翼団体から脅迫され、三島の自宅に刑事がボディガードとして派遣されてくるような騒ぎにまでなった。三島はこれに苦慮し、野平を呼び、「週刊新潮」に「三島は『風流夢譚』の推薦者ではないというゴシップを書いてくれ」と依頼した。野平はこれに応じた。

しかし、野平としても釈然としない。もし本当に三島が『風流夢譚』を推薦していないのであれば、三島ほどの作家ならその旨を自分の文章で発表する機会はいくらでもあるはずだ。しかし、それをしないで、週刊誌にゴシップとして書かせたのはなぜなのか。野平は、《自分で書いたのでは、文字どおり正真正銘の責任を発生する。つまり、一度讃めたであろう『風流夢譚』を自ら取り消すことで、真実についてさえ二枚舌を使う三島、ということになってしまう。一種の裏切りです。それは彼の誇りが許さない。そのへんを、私〔野平〕のゴシップに肩代りさせたと思うのです》と分析している。

三島にとって、週刊誌に頼むことがすでに屈辱である。野平に弱みを握られたことにもなる。

野平はさらにこう語る。

《その日から、彼〔三島〕のコンピューターは始動をはじめたと思うのです。あのときの屈辱の思いをいかにして癒すか。その日から、それこそ満を持して、集中力を発揮した。その結果の結論が、自分自ら右翼のよそおいをよそおうこと……だったのではないでしょうか。》

そして、十一月二十五日に行き着く——野平は、こう言いたいようだ。

井出は小説『憂国』について、三島作品のなかでは《決してすぐれた作品とはいえないだろう》としている。そして《ある観念の呪縛によって、作品自体が自由な飛翔をはばまれている。たぶん、それゆえにだろう、三島由紀夫は自らプロデュースしてこれを映画化した。作品それ自身で完結していたならば、なんで作者自らスクリーンのなかで〝切腹〟のシーンを演じなければならないのか》と論じている。

井出は以後の作家三島由紀夫の作品に見るべきものはなく、自衛隊への体験入隊や楯の会の結成などで世間の注目を集めることのほうが多くなったと批判的に述べ、《その間に編集者をやめたぼくにとっては遠い遠い存在になっていっていた》と書く。

そんな井出が久しぶりに三島を見かけたのが、一週間前の十一月十七日の中央公論社の谷崎賞のパーティーだった。ホテルの大ホールには千人近い招待客が溢れていた。三島は小柄なので、普通ならば、雑踏の中に埋没してしまう。だが、井出はこう書く。

《その小柄な三島さんの姿が、なぜかとても目立った。グラスを片手に、人の波のなかを泳ぎまわるようにして談笑している彼のそのまわりにだけ、誰かがスポットライトをむけているのではないかと思われるほどに、その夜の三島由紀夫の存在は目立った。》

そして、このパーティーでの三島の行動は《綿密に計算された告別の行為だったとみることができる》とする。

### 京都、瀬戸内晴美

午前中に三島からの昔の手紙を見つけ、懐かしがっていた瀬戸内晴美を、昼に衝撃が襲った。

その少し前、毎年、来年の干支の動物の陶器を焼いて持って来てくれる常滑《とこなめ》の陶工が、「今年は早く仕上がりました」と、亥の陶器を持ってやって来た。

瀬戸内は鮨の出前をとって、ふるまっていたが、陶工は無口な人だったので、なんとなく場がもたない。そこで、瀬戸内はテレビをつけた。

《テレビでこの目で、三島さんの演説する姿を見ていながら、私はこれが現実のこととは信じることが出来ず、ショックはこの上もなく大きかった。文士劇か、お道楽の映画の一齣であってくれと願った。それは悲しい漫画だった。玩具の兵隊のような楯の会の制服を着て、七生報国の鉢巻をしめて、秋の中天に輝く陽光に目を射られながら、必死に叫ぶ三島さんの演説を聞いている自衛隊員の白けきった鈍重な表情を見ると、いっそう三島さんがピエロめいてあわれでならなかった。こんな映像がテレビに撮られ、永久に後世に遺ることを三島さんは計算していたのだろうか。

あまりのショックで涙も出なかった。》

これは事件直後の文章だが、三十数年後には、こう書く。

《鉢巻をして、宝塚の衣裳みたいな楯の会の制服を着て、自衛隊の建物のバルコニーに立ち、腕を振りあげ絶叫している三島さんの映像を見た時、テレビドラマに出演しているのかと一瞬疑ったくらいだった。これも絶叫に近いアナウンサーの解説の声で事実とわかり、体が硬直してきた。床に転った生首まで一瞬映されていた。

こんなことがあっていいのかと思う一方で、ああ、とうとう、どこかでこの非現実的な現実を早くも納得し、受け入れかけている自分にうろたえていた。
ここまで思いつめていた三島さんの絶望と孤独に、誰も気づいていなかったという事が、恐しくてたまらなかった。》
瀬戸内晴美が出家して寂聴《じゃくちょう》となるのは、三年後の一九七三年のことだ。

## 村松英子

女優村松英子が出演した三島の戯曲『薔薇と海賊』の浪曼劇場での公演は、その二日前に千秋楽を迎えたばかりだった。

村松英子は評論家村松剛の妹で、三島とは家族ぐるみのつきあいをしていた。三島は実の妹のように英子を可愛がっていた。この年、三十二歳。

三島は文学座を『喜びの琴』の上演中止をめぐる事件で脱退した後、一九六四年に賀原夏子、中村伸郎、南美江《よしえ》、丹阿《たんあ》弥《み》谷《や》津《つ》子《こ》、矢代静一らと、グループＮＬＴを結成した。しかし、このＮＬＴも一九六八年に分裂し、三島は浪曼劇場を結成した。

一方、文学座を三島よりも先に脱退していた福田恆存《つねあり》、芥川比呂志らは、現代演劇協会・劇団雲を創立しており、村松英子は、この文学座の最初の分裂時には劇団雲に参加した。

村松英子は三島がＮＬＴを旗揚げすると、雲を退団して参加した。そして、ＮＬＴの分裂時には三島と共に、浪曼劇場に参加したのである。

『薔薇と海賊』は新作ではなく、三島が一九五八年に書いた戯曲だった。三島のたっての希望で、この年の十月から十一月の公演で上演することになったのだ。初演は文学座で、杉村春子が主演した。村松は上演にあたり、杉村に挨拶している。

三島が稽古の時も、そして初日も、涙を流していたのを村松は記憶していた。いつもなら、初日の幕が下りると、三島は「初日おめでとう」と言うのに、この時は「ありがとう」と言った。これには村松は少し驚いた。そして、初日を終えての宴会でも、三島はいつの間にか姿を消していた。

東京での上演を終えると、浪曼劇場の『薔薇と海賊』公演は地方巡業へ出た。その全てが終わったのが、十一月二十三日だった。

村松は、二十五日の午前中、そろそろ三島に電話をして挨拶に行く日を決めようと思っていた。そんな時に、劇団の制作担当者から電話がかかってきた。

「大変です。三島先生が市ヶ谷の自衛隊で割腹自殺をなさいました！」と、その声は上ずっていた。

「悪い冗談、言わないで」

「本当です。テレビはそのニュースばかりです」

村松は呆然として電話を切った。すると、すぐに朝日新聞社会部からのコメントを求める電話があった。

《後で読むと私の話を正確に伝えていて、私も辛うじて正気を保っていたようです。》

と村松は書いているが、朝日新聞縮刷版にあるその日の3版の紙面では彼女のコメントは確認できない。

村松英子は、とるものもとりあえず、三島邸に向かった。

**松本健一**

評論家の松本健一はこの年、二十四歳。まだ著書はない。一九六八年に東京大学経済学部を卒業し、旭硝子《あさひがらす》に就職したが一年で退職し、法政大学大学院で近代日本文学を専攻していた。

この日は、翌年刊行される評伝『若き北一輝』の最後の章を書き終えたところだった。

松本はたまたまラジオをつけ、そのニュースを知った。

《普段は執筆中に音楽を聴いたりすることはありますけれど、ラジオを聴くということはありません。北一輝のそれも最終章などというのは特に緊張してトランス状態に入っているから普通は聴かないんですが、ふとつけたら「市ヶ谷からお伝えします」みたいなことだったんで

す。》

松本が『三島由紀夫亡命伝説』を書くのは、一九八七年のことである。

## 新青梅街道

その十八歳の青年は、借りたトラックを運転して、東京都杉並区の西荻窪から横田基地のある東京都福生《ふっさ》市へ引っ越す途中だった。

新青梅街道を走っていて、昼時になったので、沿線のドライブインに入った。そこにあるテレビでニュースを見て、知った。

《自衛隊員を前にバルコニーで演説する三島由紀夫の映像を見て、いったいこの作家は何をしようとしたのだろうと思った。》

青年は長崎県佐世保で生まれ育ったので、米軍基地のそばに住むのは、「快適ではないが肌が合った」。この年の春、高校を卒業した後に上京して、現代思潮社が主宰する美学校のシルクスクリーン科に入学したものの、半年で退学してしまったのだ。

青年は二年後の一九七二年に武蔵野美術大学造形学部基礎デザイン科に入学する。その少し前に福生から、杉並区に引っ越している。

青年が福生時代の体験をもとにした小説で芥川賞を受賞するのは、一九七六年のことである。

その小説は『限りなく透明に近いブルー』、作者は村上龍という。

## 鶴田浩二

俳優鶴田浩二の娘、愛《あ》弓《ゆみ》（当時十四歳）によると、この日、鶴田は映画撮影のために京都にいた。父と三島とが親しいことを、愛弓はよく知っていた。

《父と三島さんは、会うたびに互いの思いが深まるようで、遠目に眺めていると、昔からの友人が思いの丈をぶつけ合っているようにさえ見えた。》

この日、愛弓は扁桃腺が腫れていたので学校を休み、自宅にいた。そして、テレビの速報で、「市ヶ谷駐屯地で三島由紀夫自決」というニュースを知る。

《その瞬間、身体が震え出して止まらなくなった。ついこの間も家に見えた三島さんが自決したことは勿論ショックだったが、それ以上に、京都で仕事中だった父が受ける衝撃を考えるのが恐ろしかった。》

愛弓は、どうしたらいいか分からないまま、とにかく京都にいる父に電話した。

鶴田は事件をすでに知っており、驚くほど冷静だった。

「お花の手配をしなきゃな」と、呟くように言っただけだった。

三島が鶴田の映画を絶賛したことから二人が親しくなったことを知っているメディアは、鶴田にコメントを求めたが、彼は沈黙した。愛弓は、そんな父の態度が当時は理解できなかった。
《私には父の態度が不可解だった。三島さんの壮絶な死にショックを受けた様子がなかったことも、哀悼の意を公にも私的にも口にしなかったことも、何もかもが意外だった。》

この前年にあたる一九六九年、鶴田と三島は「週刊プレイボーイ」七月八日号掲載の対談で、初めて会い、すっかり打ち解けた。三島が映画雑誌で鶴田の出た『総長賭博』を絶賛したのが、そのきっかけとなった。当時、東映のヤクザ映画はまともな映画評論の対象ではなく、三島のような高名な作家が論じたこと自体が話題になり、鶴田は感激していたのだ。

二人は、ほとんど同年齢だった。三島が一九二五年一月十四日生まれで、鶴田は一九二四年十二月六日生まれだった。しかし、鶴田は学徒出陣で軍隊経験があるが、三島にはない。

対談は、こう結ばれる。

鶴田　ぼくはね、三島さん、民族祖国が基本であるという理《ことわり》ってものがちゃんとあると思うんです。人間、この理をきちんと守っていけばまちがいない。

三島　そうなんだよ。きちんと自分のコトワリを守っていくことなんだよ。

鶴田　昭和維新ですね、今は。

三島　うん、昭和維新。いざというときは、オレはやるよ。

鶴田　三島さん、そのときは電話一本かけてくださいよ。軍刀もって、ぼくもかけつけるから。

三島　ワッハッハッハッハッ、きみはやっぱり、オレの思ったとおりの男だったな。

しかし、決起の時、三島は鶴田には電話をかけなかった。

村松英子は著書で鶴田浩二のこんな言葉を紹介している。

《三島先生が亡くなった時、僕はやむにやまれぬ気持ちで日本刀を抜いて、号泣した。》

**村上兵衛**

この事件に接した多くのマスコミ関係者が、「大宅壮一なら、一言でどう表現するだろうか」と思った。

大宅はテレビ時代を「一億総白痴化」と断じ、さらには各都道府県にできていった大学を「駅弁大学」と呼ぶなど、世相を見事に表現した評論家だ。

しかし、その大宅は三日前の十一月二十二日に七十歳で亡くなっていた。二十三日が仮通夜、そして二十四日の夜が通夜で、その両方に出ていた評論家の村上兵衛《ひょうえ》は、疲れ果てて自宅の近くに借りていた安アパートの仕事部屋で、《奈落の底まで落ちるように昏々と眠った。》

村上はこの年、四十七歳。陸軍士官学校を出た後、近衛歩兵第六連隊旗手を経て、陸軍士官学校区隊長となっていた時に敗戦を迎えた。その後に東京大学に入り、独文科を卒業、作家として活動し、評論、ノンフィクションの分野で筆を揮《ふる》っていた。

その枕もとにある電話が鳴った。「サンデー毎日」の徳岡孝夫からだった。

「いま、三島由紀夫と楯の会が、市ヶ谷の東部方面総監室に進入しています。ベランダで三島さんが演説しています。彼は切腹すると言っています」

村上は跳ね起きた。敷布団の上に、大胡坐《おおあぐら》の姿勢をとり、「寝耳に水とはこのことか」と思った。村上は三島と親交があり、この少し前に新聞で対談し、楯の会を話題にしたばかりだった。さらには楯の会の信州での合宿も取材していた。

《しかし、このような「展開」を私はまったく予想していなかった。》

村上はラジオをつけた。いったい、何が起きたのか。起きているのか。その情報を得るには、ラジオしかないと思われた。だがその直後から、村上の部屋にはマスコミ各社から次々と電話がかかってきた。

「あーあ、葬式肥りか」と村上は苦笑いした。大宅壮一の死を受けて、追悼文を書いたばかりだったのに、今度は三島かと思ったのだ。

村上が『小説三島由紀夫』を「週刊サンケイ」に連載するのは七一年一月の号からだった。

### 大宅壮一宅

二十二日に亡くなった大宅壮一の妻、大宅昌《まさ》はこう語っている。

《三島由紀夫さんが切腹なすったという特別番組が画面にうつし出された時、私はテレビを大宅の祭壇のほうへ向けてやりました。主人なら、いま何というだろうと思って……。》

### 京王井の頭線・駒場東大前駅近くの喫茶店「KEN」

映画や文芸の評論家四方田《よもた》犬彦《いぬひこ》は、この年十七歳、東京教育大学農学部附属駒場高等学校（現在の筑波大学附属駒場高等学校）の三年生だった（彼は二月生まれ）。

大学紛争は高校にも飛び火し、駒場高校でも一九六九年にはバリケード封鎖がなされるまで運動は激化し、日本共産党の青年組織である民青（民主青年同盟）と、新左翼のセクト、そしてノンセクトの三つのグループが対立していた。

その紛争も一九七〇年には終息していた。四方田はどこのセクトにも属さず、映画と書物に耽っていた。授業にもあまり出なくなっており、同級生たちは受験勉強の追い込みに入っているのに、それもせず、《空虚な気持ちを抱きながら、怠惰な日常を過ごしていた》。

十一月二十五日も午後の授業は放棄して、駒場東大前駅の近くにある「ＫＥＮ」という喫茶店で時間をつぶし、その日に発売された「ヤングコミック」の宮谷《みやや》一彦の『あにおとうと』を読んでいた。

店内では、いつも流れていたビートルズのレコードが突然に中断され、ＦＭ放送に切り換えられた。ラジオからはニュースが流れてきた。

《三島が楯《たて》の会の四名とともに自衛隊市谷駐屯地で旧知の将官を監禁し、その直後に割腹自殺を遂げたというニュースだった。》

それを聞いたとたんに、店内にいた十人ほどの客が一斉に店を出て行った。四方田も、勢いにつられて外に出た。

《あたかもこれで東京に戒厳令でも敷かれるのではないかという雰囲気が、そこからは感じられた。》

しかし、目に入った、喫茶店や洗濯屋や書店とラーメン屋の並ぶ街並みは、いつもと同じだった。

《喫茶店の外側に、昨日までとまったく変わりのない平穏な日常の社会がどこまでも続いていることに、憤激とも落胆ともつかない奇妙な感情を体験した。》

四方田は一浪した後、一九七二年に東京大学文科Ⅲ類に合格する。

## 高橋睦郎

詩人の高橋睦郎は、この年、三十三歳。当時は広告プロダクションに勤めていたが、詩人としても知られるようになっており、三島とも交流があった。

昼過ぎ、オフィスにいた高橋の耳に、同僚の誰かが持っていた携帯ラジオから、「三島由紀夫」「楯の会」「自衛隊市ヶ谷駐屯地」といった言葉が断片的に聞こえてきた。

高橋はオフィスを飛び出し、市ヶ谷に向かった。

《勤め先の上司たちはみんな僕と三島さんとの関わりを知っていましたから、咎める人はありませんでした。》

だが、おそらく、出かける前に、高橋は横尾忠則に電話をしたと思われる。

その日は寒かったと、高橋は三十五年後の講演で回想する。

《よく晴れて、空気が肌にピリピリするような日でした。会社のあった京橋から地下鉄に乗り、赤坂見附で乗り換えて四谷三丁目で降りて、曙橋にむかって歩きました。道の側溝の水がきらきら光って流れていて美しかったことを忘れません。

駐屯地の門がどうなっていたかとか、詳細には憶えていません。何機かのヘリコプターが低空飛行していたことだけは記憶が鮮明です。》

高橋は、自衛隊駐屯地の塀のまわりをまわることしかできなかった。

## 村松友視

中央公論社の編集者村松友視《ともみ》はこの日の午後は大日本印刷で出張校正をしていた。後に作家となる村松は、この年の七月に創刊された文芸誌「海」の編集部に属していたのだ。この年、三十歳。事件は、自宅を出る時に知った。事情が呑み込めなかったが、彼としては大日本印刷に向かうしかなかったのだ。

村松と三島とは、それほど深い関係ではなかった。しかし、作家と編集者と立場は異なってはいたが、同じ文壇という狭い世界にいた。

「海」は創刊号の前に「発刊記念号」を出すことになり、編集部では、三島由紀夫、安部公房、大江健三郎の三人による討論会を掲載しようと企画を立て、村松は編集長と共に、最初に三島を訪ねた。村松が三島に会ったのは、これが初めてだった。三島は討論会について了解した。次に訪ねた安部も、「大江君がやると言えば、いいよ」という答えだった。

村松は大江のもとに行った。大江は「僕は、三島さんの最近の作品も、最近の意見もまったく評価していません」と言い、むしろ編集部として三島をどう評価しているのかを聞きたいと、逆に質問した。こうして、この企画は実現しなかった。

村松は「海」では、武田泰淳《たいじゅん》の『富士』を担当していた。十一月二十一日に、その月の原稿を受け取り、印刷所へ入稿、二十五日にはその初校のゲラ（校正刷）が出ることになっていたのだ。

この日、出かけようとした村松が、ふとテレビを見ると、「市ヶ谷の自衛隊へ作家三島由紀夫氏がたてこもり」という文字が横に流れた。「おや」と思った村松が改めてテレビを見ていると、「たてこもり」は「割腹自殺を試み」となり、さらに、「割腹して死亡」となった。「三島由紀夫氏」も、やがて「三島由紀夫」となった。この「氏」が途中から取られたことについては、三島に近かった人の多くが憤慨している。テレビ局としては、三島が亡くなったとしても、何らかの刑事犯であることは確実となったので、敬称を取ったのである。現在ならば、「三島容疑者」となるのだろうか。

三島のことは気になったが、すでに彼の死で事件は終わっていた。村松にはこの事件によって生じる「仕事」はなかった。「海」を校了にするのが、この日の彼に課せられた仕事だった。

**呉智英**

評論家呉智英《くれともふさ》は、この年、二十四歳で早稲田大学法学部の学生だった。「二度の落第」を重ねており、当人によると、「表向きは学生運動、あるいは司法試験の勉強」が落第の理由だが、《実はダラダラと落第していたといった方が正しい》《一種のモラトリアム状態で、本を乱読したり友人と議論したりという境遇に浸かっていただけであった》と当時を説明する。

呉は毎日昼頃まで寝ており、それを友人たちはみな知っていた。

その日の昼頃、友人の一人、後に精神科医となり、アート・コレクターとしても知られる高橋竜太郎から電話があった。少し緊張し、少し興奮した声だった。

「三島由紀夫が自衛隊に立て籠ったぞ」

高橋は彼がニュースで知ったあらましを呉に伝えた。

《私は友人とこんな話をした。これで日本はどうなるのだろう。二・二六事件の青年将校たちが目指していたような方向に進むのだろうか。あるいは、三島由紀夫と楯の会に対抗し、左翼系の政治勢力が結束して反政府運動を燃え上がらせるのだろうか。いや、たぶんそのどちらにもならないだろう。三島の行動はすぐに鎮圧され、これを機に左右両翼の政治運動に対する警察の規制が強まるのではないか。》

電話でそんな話をした後、呉は大学に向かった。学生たちはみな事件を知っており、その話をした。しかし、学生たちは話すだけで、何か具体的な行動に出るわけではなかった。

### 西尾幹二

保守派の論客として知られる西尾幹二は、この年、三十五歳。静岡大学の専任講師だった。

『ヨーロッパの個人主義』（後に『個人主義とは何か』に加筆改題）など、何冊かの著書はあるが、まだそれほどの知名度はない。

西尾は「新潮」のこの年の二月号に「文学の宿命」と題する評論を書き、そのなかで三島について書いた。三島はこれを読み、「國文學」五月臨時増刊号の三好行雄との対談で、西尾の評論について言及している。

三島は西尾と一度だけ会っている。西尾が出す本の推薦文を頼まれ快諾したので、その挨拶に西尾が出かけたのだ。

この日、西尾は大学のある静岡ではなく、東京の親の家にいた。テレビは茶の間にあったが、その時、西尾は玄関口で電話をかけようとしていた。この時代、玄関に電話を置いていた家は多い。その玄関口から茶の間のテレビが見えた。そこには、三島がバルコニーに立っている姿が映っていた。

《私は立っていた膝ががくがくと震えました。なぜ震えたのか、なぜあれほどの衝撃を受けたのか、今になってもよく分りません。》

## 吉行淳之介

作家の吉行淳之介は自宅にいた。

テレビをつけて、偶然、事件を知った。誰かに教えられたのではないようだ。

　吉行は、最初、テレビが伝える「自衛隊に乱入した」ということの意味が分からなかった。

《自衛隊は三島さんにとっては親せきのようなものだと思っていたのに、その自衛隊に白刃を持って乱入した》とはどういうことなのか。

　これは別の者も指摘しているが、三島は事前にアポイントメントをとって自衛隊の東部方面総監に面会しているので、「乱入」などしていない。面会の途中で、総監を縛り上げ、総監室に机などでバリケードを築き、籠城《ろうじょう》したのである。

　吉行は報道を聞いているうちに、乱入したとの意味が分かり、やがて「クーデター」という言葉を聞いて、やっと輪郭が摑めた。そして、

《バカなことをしたということを感じました。三島さんは事件以後、犯罪者扱いされている》と歎き、たとえいくつかの罪名がついたとしても、何人かを傷つけたとしても、これは一種の焼身自殺だと思った。

　しかし、焼身自殺だとしても、意味はないと思う。

《ぼくの中に、市民としてのぼくと、いやな言葉だけど、芸術家というもの、物書きといってもいいが、この二種類が住んでいるわけですが、最初にきた反応は市民の反応で、この市民は、あの行動を是認できない。物書きとしては、ぼくと三島さんは最初の出発点から物の考え方が

ちがうから、従って是認できません。》

吉行淳之介は三島の一歳上、この年、四十六歳だった。作家としてのデビューは三島のほうが先だった。吉行は出版社に勤めるかたわら、同人誌に作品を発表しており、一九五二年にそのひとつが芥川賞の候補となる。この年は落選したが、一九五四年に『驟雨《しゅうう》』で芥川賞を受賞し、作家生活に入った。

吉行は大正モダニズムを代表する詩人、吉行エイスケの息子として生まれたが、父が早くに亡くなったこともあり、貧困を経験しており、三島とはその点でも違った。三島の小説は最後まで読んだことはほとんどなく、『仮面の告白』くらいしか面白いと感じたものはないと書いている。吉行にとって三島は、常にその存在を意識させられる作家ではあったが、その文学を、吉行は理解できなかった。

吉行は、永井荷風のような野垂れ死にみたいな感じの死に方がいいと、この時点では書いているが、彼は一九九四年に肝臓癌となり病院で亡くなる。

吉行がこの日、何人に電話で三島のことを話したかは分からないが、少なくとも大岡昇平とは話している。

## 若尾文子

女優若尾文子は自宅にいて、昼食をとっていた。

《そこへあのニュース。あまりの驚きで、食事は喉に通らないし、そのまま、ずっと寝込んでしまいました。午後ね。》

そして若尾は、三島が彼女について書いた文章を読み返して、その日の午後を過ごした。

若尾は、三島が出演した最初の映画、『からっ風野郎』で共演し、また、三島の小説を原作とする『永すぎた春』にも出演するなど、三島とは縁があった。

三島は一九七〇年十月の「映画芸術」誌の対談で、いまは藤純子がいいが、まえは「若尾文子がすきだった」と言っている。もちろん、女優としての話である。若尾はこの年、三十七歳。前年に離婚していた。

## 国会図書館

ノンフィクション作家の保阪正康は、この年、三十一歳（十二月生まれなので、この日は三十歳）。すでに結婚し、三人目の子どもが生まれようとしていた。出版社に勤めていたが、このまま企業ジャーナリストとしての道を歩むか、大学院に入り教師になろうかと悩んでいた時期だった。

この日は、資料調べのため、国会図書館にいた。

《事件が起こるや、その報はさざ波のように閲覧者の間に広がった。隣席で小声でささやく学

生同士の会話から、私は、事件を知った。》

保阪は、夕方に地下鉄の売店で夕刊を買い、事件の概要を知る。

《とりたてて三島文学のファンだったのではない。〝戦後民主主義〟にアイロニーをもって抗している風変わりな文化人というのが、私の三島をみつめる目であった。したがって、私の関心もジャーナリストとしての〈どんな事件なのか？〉〈なぜ、こんなことをしたのだろう？〉という興味の延長線上にあった。》

保阪が『憂国の論理　三島由紀夫と楯の会事件』を上梓するのは、一九八〇年のことだった（加筆訂正され『三島由紀夫と楯の会事件』として二〇〇一年に文庫化）。

## 大阪

俳優池部良《いけべりょう》は大阪で事件を知った。三十年以上後の、二〇〇三年から二〇〇六年にかけてのインタビューで、彼は当時をこう回想している。

《彼がテレビに映っているのを、初めは三島だと思わないから、ただ呆気に取られながら見ていた。そしたら途中で三島君だとわかったんだよね。そのとき、どう考えても二つぐらいしか彼が自決する意図がわからなかった。》

その二つとは、三島が非常にナルシストだということと、本当に国を憂いたということだと、池部は言う。

《日本はこうこうじゃなくちゃいけない、自衛隊はこうこうじゃなくちゃいけない、ということを考えている自分に興奮してくるんだよね。自分の姿形がどうだっていうナルシストであると同時に、そういうものを考えている自分に対するナルシスト。》

池部には、三島のナルシストと国を憂いたことのどちらに比重がかかっていたかは、分からない。しかし、初対面の頃から、三島のナルシスティックな面を感じていた。

池部良はこの年、五十二歳。一九四一年に東宝に監督志望として入社するが、俳優に転向する。戦争中は出征しており、中国大陸や南方に行き、九死に一生を得たこともあった。

三島とは敗戦直後に、偶然、知り合った。池部がシナリオを書くための部屋を探していると、ある金持ちの家を紹介された。その家を借りて何日か経った後、中庭の向こうに蔵があり、そこはいつも明りがついていた。主人に誰かいるのかと訊くと、「三島さんという方で、小説を書いている」との答えで、さらにその数日後に、風呂で一緒になったのだ。

すでに三島が小説家としてデビューした後だった。こうして知り合った二人は、以後も交流を続けていた。三島が俳優をやりたいと言いだした時は、「そんな骸骨みたいな身体では務まらないよ」と池部は言った。やめたほうがいいという意味だったのだが、三島はボディビルをして身体を鍛え、映画に出演した。最初の映画である大映の『からっ風野郎』は一九六〇年の作品で、監督は三島の東大法学部で同期だった増村保造である。

池部はこの映画での三島の演技についても、「芝居にならないよ」と厳しい。

三島のやくざ映画好きはよく知られるところで、鶴田浩二を絶賛しているが、池部が脇役として出た高倉健主演の『昭和残侠伝』シリーズにも三島は賛辞を贈っている。

このシリーズの最高傑作とされる一九七〇年九月公開の『昭和残侠伝 死んで貰います』（マキノ雅弘監督）では、ラスト近くの池部の台詞「ご一緒ねがいます」があまりにもかっこいいので、流行語にもなった。映画はこんなストーリーだ。

時は大正から昭和の初め、高倉健扮《ふん》する花田秀次郎は深川の料亭の跡とりだが、ふとしたことでやくざ渡世に身を沈め服役した。出所してみると、実家の料亭は衰退していた。秀次郎は身分を隠して板前となり、藤純子扮する芸者の幾太郎と恋仲になるが、新興やくざの駒井組に実家の料亭を狙われる。知り合いの深川の親分が単身で駒井組に乗り込み、料亭の権利書は戻るが、親分は斬《き》られて亡くなる。そこで秀次郎は駒井組に殴り込みをかけることになるが、その時、池部扮する板前の風間重吉がご恩返しに一緒に行こうとする。そこで——

秀次郎「重さん、このケリは俺に付けさせておくんなさい。堅気のオメェさんを行かせるわけにゃいかねエ」

風間「秀次郎さん　あれから十五年。見ておくんなさい。ご恩返しの花道なんです」
　そして、間をおいて、
風間「ご一緒ねがいます」

　この映画は、三島が観た最後の映画だと思われる。公開は九月二十二日で、その一カ月後の十月二十一日に「映画芸術」誌での石堂《いしどう》淑朗《としろう》との対談（司会は小川徹）で三島はこの映画についてこう語っている。まず、

「何よりも、池部（良）がよかった。このごろの池部はすごくよくなってきていますね」と主演の高倉健ではなく、あくまで彼にとっては池部の映画であると言う。そして、

「最後に池部と高倉が目と目を見交わして、何の言葉もなく、行くところなどみると、胸がしめつけられてくる、キューとなってくるんだ。日本文化の伝統をつたえるのは、今ややくざ映画しかない」と言い切る。

　さらに、ラストの高倉健と池部が並んで歩くシーンを、

「ヤクザ映画ってのは、あのラストの前の道行きだけあればいいんだよ。あとはいらない」と断言してしまう。

　この発言もあって、あの事件は、三島と森田必勝との男と男の「道行き」だとする解釈が生

まれるのだった。

池部はかなり後になってから、三島が自衛隊市ヶ谷駐屯地に向かう時、車中で『昭和残侠伝』シリーズの主題歌「唐獅子牡丹」を歌ったことを知る。

三島が好んだ様式美溢れる東映ヤクザ映画は、しかし、やがて藤純子の引退の前後から衰退し、一九七三年一月公開の『仁義なき戦い』の成功により、実録路線へと転化していく。この『仁義なき戦い』の監督である深作欣二《ふかさくきんじ》は、三島原作の『黒蜥蜴《とかげ》』の監督でもあった。一九六八年の作品で、主役は丸山（美輪）明宏が演じた。

# 演説

……自民党というものはだ、自民党というものはだ、警察権力をもっていかなるデモも鎮圧できるという自信をもったからだ。

治安出動はいらなくなったんだ。

治安出動はいらなくなったんだ。

治安出動がいらなくなったので、すでに憲法改正が不可能になったのだ。

分るかア、この理屈が。(分らんぞ、何を言ってる——のヤジ)

諸君は、去年の一〇・二一からあと、

諸君は、去年の一〇・二一からあとだ。もはや憲法を守る軍隊になってしまったんだ。

自衛隊が二十年間、血と涙で待った憲法改正というものが、機会が無いんだよ。もうそれは政治的プログラムからはずされたんだ。ついに、はずされたんだ、それは。どうしてそれに気がついてくれなかったんだ。

去年の一〇・二一から一年間、俺は自衛隊が怒るのを待ってた。

もう、これで憲法改正のチャンスはない。自衛隊が国軍になる日はない。建軍の本義はない。

それを私は最もなげいていたんだ。

自衛隊にとって建軍の本義とは、なんだ。

日本を守ること。

日本を守ることとはなんだ。

日本を守ることとは、天皇を中心とする歴史と文化の伝統を守ることだ。

(ヤジ猛然としてくる)

おまえら聞けエッ。聞けエッ。

静かにせい。静かにせいッ。

静粛に聞けッ。

(騒然としたヤジで、演説聞きとりにくくなり、演説口調も興奮し切った感じになる)

男一匹が命をかけて諸君に訴えているんだぞ。

いいか。

いいか。

(ヤジに圧倒されそうで、言葉がとぎれがちになる)

それがだ、いま、日本人がだ、ここでもって立ち上がらなければ、自衛隊が立ち上がらなければ、憲法改正というものがないんだよ。

諸君は永久にだね、ただ、アメリカの軍隊になってしまうんだぞ。

(バカヤローのヤジ)

諸君と…………(ヤジで聴取不能)

…………アメリカからしか来ないんだ。

シビリアン・コントロールと…………

シビリアン・コントロールがどこからくるんだ。シビリアン・コントロールというのはだな、シビリアン…………(ヤジと演説口調が興奮しきって、このあたり聴取が著しく困難になってくる)

…………から…………れるのは、シビリアン・コントロールではないんだぞ。

…………(聴取不能)

…………

…………

…………

…………

それでだ、俺は四年待ったんだよ。俺は四年待ったんだ。

自衛隊が立ち上る日を。

…………(聴取不能)

…………

………四年待ったんだ。

最後の三十分間だ。

最後の三十分間に……ため、今待ってんだよ。

（ヤジ、さらに激しくなってくる）

諸君は武士だろう。

諸君は武士だろう。武士ならば、自分を否定する憲法を、どうして守るんだ。

どうして自分の否定する憲法をだね、自分らを否定する憲法というものにペコペコするんだ。

これがある限り、諸君というものは、永久に救われんのだぞ。

（笑い声）

諸君は永久にだね、今の憲法は政治的謀略で、諸君が合憲のごとく装っているが、自衛隊は違憲なんだ。

自衛隊は違憲なんだ。

貴様たちは違憲なんだ。

憲法というものは、ついに自衛隊というものは、憲法を守る軍隊になったのだということに、どうして気がつかないんだ。

どうして、そこのところに気がつかんのだ。

俺は、諸君がそれを完全に断つ日を待ちに待っていたんだ。

諸君が、そのなかでもただ小さい根性ばっかりに固まって、片足突っ込んで、本当に日本のために立ち上がる時はないんだ。

…………

（「そのためにわれわれの仲間を傷つけたのは、どうした訳だ」のヤジ）

抵抗したからだ

（「抵抗したとはなんだ」など、種々のヤジが次々に出る）

憲法のために、日本の骨なしにした憲法に従ってきた、ということを知らないんだ。

諸君のなかに、一人でも俺といっしょに起つ奴はいないのか。

　一人もいないんだな。

（テメェ、それでも男かあ——とのヤジが飛び出し、ヤジに圧倒され気味）

　よし、武というものはだ、刀というものはなんだ。

…………

…………

…………

…………それでも男かあッ。

それでも武士かあッ。

それでも武士かあッ。

まだ諸君は、憲法改正のために立ち上がらないということに、みきわめがついた。

　これで、俺は自衛隊に対する夢はなくなったんだ。

（ヤジ猛然、「おりろ」「なんであんなものをのさばらせておくんだ」「おろせこんなもの」など。自衛隊の方で静めにかかる声も出る）

　それではここで、オレは、天皇陛下万歳を叫ぶ。

…………

…………

天皇陛下、万歳

（フジテレビ報道局収録の録音テープから転写）

——「週刊現代」一九七〇年十二月十二日臨時増刊号・
三島由紀夫緊急特集号

# 第三章 午後の波紋

事件そのものは、十二時二十分頃に終わった。

その意味では、短い事件だった。

しかし、波紋は大きかった。事件を知った者の多くが、それについて話し合う相手を求めた。情報は、人から人へと伝播していった。

この時代、インターネットも電子メールも携帯電話もなければ、ファクシミリすらない。

人々は情報を伝えるのに、個人間では電話を使うしかなかった。

**防衛庁**

十二時三十分、中曽根防衛庁長官は記者会見で、益田東部方面総監と電話で話した内容を公表した。この日の朝日新聞夕刊にある中曽根長官の発言趣旨は次の通りだ。

《益田総監の報告では、三島由紀夫ほか三人ぐらい〔実際は三島の他に四名〕が総監の部屋にはいってきて「隊員に話をさせろ」と要求した。総監がそれを拒否したところ、三島は非常に荒れ、それを制止しようとした自衛官が傷つけられたり、背中から切られたりした。数人が益田総監にサルぐつわをし、しばった。

自衛隊は警視庁と連絡、建物を包囲し、「人命を尊重し逮捕する」ことに重点をおいた。しかし、三島が非常に荒れるので、総監は一応一般隊員を集めた。三島は「いまの自衛隊は軍隊ではない。憲法を改正して軍隊にしなくてはならぬ。それは、自衛隊の中から、やらんといかん」と総監にいい、総監はそれに対し「自衛隊は本分を守らなければいけない」と答えたが、そのような趣旨のことを三島は一般隊員にも話したようだ。とにかく騒々しくて、三島のしゃべったことは、よく聞えなかったが、三島自身が総監室に戻ってきて「あまりきこえなかったようだ」と話していたそうだ。そのあと三島は切腹し、学生長というのが三島のクビを落した。その人間が切腹したかどうかはわからない。》

　中曽根は一九九五年から九六年にかけてのインタビューでこう回想する。

《三島由紀夫君が割腹したとき、すぐさま思ったのは、全軍に布告を出すことでした。三島君に対する同情が沸き起こる危険性があると考えたからです。二・二六事件のとき、最初、軍の首脳部が反乱兵士たちを義軍と見るなど判断を誤ったことが事態収拾を長引かせ、やがては軍国主義を増幅させることになったわけです。それを知っていたから、即座に対処しました。

　それで、原案を書いて、防衛庁長官の訓示として出させました。》

　一方、その前の三島のバルコニーでの演説については、

《当時の自衛隊の中には、自衛隊に対する世論の批判に対する反発もあって、三島由紀夫君の考え方に共感するところが少なくなかったのですが、三島君がバルコニーで決起演説をやったとき、自衛隊員たちがずいぶんヤジったと聞いて安心しましたね。》

と語っている。

**新潮社**

昼食のために外出していた新潮社出版部の吉村千《ち》穎《かい》は、社に戻る途中で、文庫編集部の女性と擦れ違った。その女性社員が歩を止めて、言った。

「三島さんが自衛隊に乱入し、腹を切って死にました」

「また、頭のおかしな男が三島さんを名乗ってやったんだろう」

「ほんとうです。嘘ではありません」

吉村は、「そんな馬鹿な」と思いながら、社員通用口から社屋に入り、三階の出版部に向かった。

吉村は、社内の様子をこう記す。

《三階の半分は『週刊新潮』の編集部で、入り口に近いあたりに書類を入れるキャビネットがあり、その上に一台のＴＶが置かれていた。その前には立ったままでＴＶの画面を見凝める人だかりが出来ている。ＴＶから流れる音声以外、声を発する人はいなかった。私もその人たちに加わって暫時、画面を見て、これは事実なのだ、と自らに云いきかせながら、なんとなく腑に落ちない気持を払いきれなかったように思う——という以上の記憶はない。》

吉村は翌年、「週刊新潮」へ異動となるが、週刊誌の編集部で働くことはできないと判断し、新潮社を退職する。

## 大岡昇平

作家の大岡昇平はこの年、六十一歳。京都帝国大学文学部仏文科卒業後、国民新聞社、帝国酸素、川崎重工業などに勤務していたが、一九四四（昭和十九年）に召集され、フィリピンのミンドロ島に赴き、翌年米軍の俘虜《ふりょ》となり、レイテ島収容所に送られた。こうした戦場での経験を書いた『俘虜記』で一九四九年に第一回横光利一賞を受賞する。「第一次戦後派作家」のひとりだ。

大岡は作家や評論家との間で多くの論争をしたことでも知られる。三島とも当初は親しかったが、『憂国』以来は、ほとんど会わなくなる。最後に会ったのは十七日の中央公論社の谷崎賞授賞式のパーティー会場だった。このパーティーで三島は多くの文学者と談笑しているわけだが、彼にしてみれば、作家仲間たちとの最後の挨拶のつもりだったことになる。

大岡は一九八三年の埴谷《はにや》雄高《ゆたか》との対談で、次のように語っている。

大岡はこの年の夏は富士山麓にある別荘で過ごしていたが、彼が富士吉田の映画館でヤクザ映画を観てばかりいると聞いた三島から対談の申し込みがあった。そこで東京に帰ったら対談しようとなったのだが、大岡は十月の終わりまで帰らなかったので、実現しないまま、十一月二十五日を迎えた。しばらく疎遠となっていた三島からのこの申し出は、《向こう〔三島〕から手を差し延べて来た。死ぬ前の気持だね。》

二十五日、大岡は短篇『焚火』を執筆中だった。この日が締め切りだったのだが、事件を知ってからは書けなくなり、一日延ばしてもらった。

しばらくして、作家の吉行淳之介から電話があった。本来の用件が済んだ後、吉行が言った。

「ときに、ビッグ・ニュースお聞きになりましたか」

大岡は「ウフフ」と笑った。この笑いについて、大岡は埴谷にこう説明する。

《おれはなんか起こるとは思っていたんだよ。本当は全共闘と斬り合って死にたかったんだろうけれど、向こうがバテちゃって実現できなかったからって、自殺って結論は出て来ない。自殺を最初から意図していたんなら、俺もそう怒ることもなかったなとも思ったけどね。》

三島とは最後には不仲となってはいたが、大岡は翌日、三島邸に弔問に行った。

《いちおうお通夜に行ったんだ。心から弔問したつもりだよ。まあ、俺の気持はちょっと複雑でね。つまり私兵をたくわえるんならば、三島は暴力で殺されてもしようがないと俺は思っていた。だから自殺したということについて、なんだ自殺なのかというぐらいな感じだからね。だから俺は吉行にウフフッて笑ったんだよ（笑）。》

大岡はその時に書いていた『焚火』に、「弔問の意味」で三島の肖像を入れた。主人公の女性が、死のうとした際に幻想として大きな鷲を見るのだが、それが三島なのだそうだ。この短篇は「新潮」七一年一月号に、三島の『天人五衰』の最終回、川端のエッセイ『三島由紀夫』の次に載っている。

翌年一月に出る「新潮」二月特大号の三島追悼特集に寄せたエッセイを、大岡はこう始める。

《突然の死によって、三島由紀夫の生涯は一つの宿命として必然化された。しかも自決によって強引に必然化された。そして作品は「行動化」されるのである。》

レトリックだけで、何も言っていないような内容だ。その最後は、

《とにかく三島由紀夫によって、行動化された文学という異常なものが、日本文学に加えられた。これは下降のモチフを伴わない死の文学であった。或いは同じことだが、下降する上昇だった。その作品は相対化され、生涯は必然化された。人々はいつまでも彼のことを語らざるを得ないだろう。》

大岡昇平は翌年、藝術院会員に選ばれるが、「戦争中に捕虜になった」ことを理由に辞退する。国家への皮肉であった。

## 皇居

前年の一九六九年から侍従長になった入江相政《すけまさ》の日記には、この日についてこうある。

《国会開会式如例。お口も今日は何もなく御気分もおよろしさうである。正午からお相伴。掌典長を頭に部課長。三島由紀夫が市ケ谷の自衛隊に乗り込み蹶起をうながして切腹。介錯で首をおとされたとの事。分らない事件である。一時四十分賜謁。一旦自室にかへつてゐたらお召し。》

入江は正午から昭和天皇とともに、昼食をとっていた。そこに、事件の知らせが届いたのであろうか。そのあたりの詳細はこれだけでは分からない。また、その時に昭和天皇がどのような反応を示したのかも、分からない。

翌日の日記には、午前中に「御前に出て」、「三島由紀夫のことも仰せだった」とのみある。昭和天皇が、三島を話題にしたのは確かだった。

## 国会

佐藤栄作総理大臣は、午後一時からの衆議院での所信表明演説のため、総理大臣官邸から国会へ向かった。

国会に到着すると記者たちに囲まれ、三島事件についてのコメントを求められた。

「天才と気違いは紙一重というが、気が狂ったとしか思えない。常軌を逸している。まだ何が原因なのか分からないが…」

この発言は、しかし、「気が狂ったとしか思えない」の部分のみが、繰り返し引用され、佐藤の真意は伝わらない。

この国会は、公害問題がひとつの論点となっていた。佐藤は、公害に政府としてどう対処していくかの方針を決め、万全の態勢で臨んだ。何も事件がなければ、その所信表明の内容が夕刊と翌日の朝刊のトップニュースとなるはずだった。しかし、佐藤がせっかく力を入れた所信表明演説は、翌日の新聞に掲載はされるが、ほとんど話題にはならない。

## 埼玉県東松山市

ロケハンのため、埼玉県東松山市で旧家を探していた大島渚は、昼になったので、蕎麦屋に入った。

そこにあったテレビで事件を知った。

ついさっき、次の映画『儀式』のひとつの役に三島はどうだろうかと話していたところだった。それは幻のキャスティングとなった。大島が、ほんの一瞬ではあったが、三島はどうだろうと考えた役を演じるのは、中村敦夫だった。

## ＮＨＫ

伊達宗克は市ヶ谷駐屯地で三島が演説を始めた段階で現場を離れ、ＮＨＫに向かった。一刻も早く、三島から預かった檄と写真とを届けることが、ジャーナリストとしての使命と感じたのだ。

そして、局に着いて、三島が割腹自殺したことを知った。

その報を耳にした瞬間、伊達を「名状しがたい戦慄に似たもの」が貫いた。

《〈とうとうやったんだな、本当だったんだな、しまった、そんなことになるのなら本気で話をきいてあげておけばよかった〉という痛烈な悔恨の情が、胸を突きあげてきた。》

以上の経緯は、伊達が事件直後に書いたものに拠《よ》る。

ところが、当時の伊達の上司にあたる報道局政経番組班部長だった人で、後にＮＨＫ会長となる島桂次は、別のことを書いている。

島はこの年、四十三歳。政治部記者時代に、池田勇人《はやと》、田中角栄らと親しくなり、自民党中枢とのパイプの強さを売り物としていた。「シマゲジ」と呼ばれていた。

島が失脚して亡くなる直前に書いた回想録『シマゲジ風雲録』によると、ＮＨＫが三島の演説を放送できたのは、事件の一報を知って駆け付けたのではなく、事前に用意していたからだとある。

島によると、伊達は二十四日の段階で三島から手紙をもらい、それを島のもとへ持って来た。

《その書状には、「ＮＨＫの責任者の方へ」と書いてあったと記憶している。実物を紛失したため手元にないのが残念だが、そこにはおおよそ次のようなことが書いてあった。

「様々な事情があって、明日午前十時に市ヶ谷の自衛隊駐屯地で、ある重大な決意のもと、ある重大な行動を起こします。いまの段階では具体的なことはいえませんが、この私の行動が曲げられて伝えられると困ります。私の肉声を、ぜひ全国民に正確に伝えてほしい」》

島は三島の直筆の文字を見るのが初めてだったので、思わず、本当に三島の手紙なのだろうかと口にした。すると伊達は、「お疑いになるのなら、ここから電話を入れましょう」とまで言った。そこまで言うのであれば信用するしかないと判断した。

《とにかく、バルコニーに向かってテレビカメラを用意しておけばいいという。さいわい、ＮＨＫには機材と人員（人材に非ず）だけはたくさんあった。》

このような準備をしていたので、翌日の二十五日にＮＨＫは三島の演説を撮影することができたのだと、島は説明する。

この回想録は事件から四半世紀後の一九九五年に出されたものだ（島はその翌年に亡くなる）。事件直後の伊達の記事のほうが、記憶の点では確かなはずだ。伊達が記憶違いをした可能性は低く、もし島の記憶が正しいのであれば、伊達は意図的に嘘を書いたことになる。だが、伊達の行動は徳岡によって目撃され、十一時四十分頃まで二人が一緒にいたのも確かだ。徳岡は現場に残り、三島の演説を最後まで聞いている。伊達はその途中で徳岡の視界から消えた。そこも、二人の記述に矛盾はない。

したがって、島のこの回想は何らかの記憶違いである可能性が高い。NHKは、警視庁への第一報を受け、現場に急行していたのではないか。

島が伊達から手紙を見せられ、これを公表するかどうかを話し合ったのは、事実なのだろう。そのあたりの記憶が前後してしまっているのではないか。それとも伊達は事件直後から何らかの理由で事実とは異なることを書き続けているのか。

## 文学座

文学座は、この十一月、司馬遼太郎が初めて書いた戯曲『花の館』を日生劇場で上演していた。主役の日野富子は杉村春子である。

戦後の新劇界の頂点に立つ大女優、杉村春子はこの年、六十四歳。三島は文学座の、つまりは杉村春子のために『鹿鳴館』を書くなど、蜜月関係にあったが、一九六三年に三島が書いた『喜びの琴』が上演中止となり、三島が文学座を脱退してからは疎遠になっていた。

十一月二十五日について杉村は、一九九四年にこう回想する。

《私たち森屋の二階で会議してたんですよ。そうしたら、マスコミ部の部屋が隣にありますからね、そこでみんなテレビ見てたらしくて、「大変だ、三島さんが自衛隊に乗り込んで行った」って言って。えらい騒ぎになっちゃってねえ。》

テレビは見たのかとの質問には、

「ちょっとだけ見たけど、やっぱり見てられないですよ。亡くなりなすったとこも出たわけでしょ」と答える。

そして文学座から見ると三島は敵みたいな感じだったので、葬式にも行かなかったと言う。

しかし、文学座の演出家である戌井《いぬい》市郎はその回想録『芝居の道』で、こう記している。

《この日もよく晴れていて、文学座では二階の和室で幹事会が開かれている最中、あのニュースがとびこんできた。杉村さんは悲鳴を発して泣きくずれた。》

いったい、どちらが正しいのであろうか。おそらくは、戌井が書くように、泣き崩れたのであろう。それが、その瞬間の杉村の素直な心の動きだった。袂《たもと》を分かった仲ではあるが、かつての盟友である三島の突然の訃報に、杉村が動揺しても不思議はない。だが、後年、冷静になって過去を振り返る時、杉村としては、自分が泣いたとは言いたくなかった——と考えるのが自然ではないか。

しかし、杉村は女優である。泣いたのも、演技かもしれない。

**東村山**

作家安部譲二は東京都の多摩地区の東村山市に集金に行っていた。当時の安部は暴力団小金井一家にヘッドハンティングされ、「ゴロツキと青年実業家の二足のわらじ」の時期で、キックボクシング中継の解説者、ライブハウス経営などをしていた。この年、三十三歳。

安部は数万円の小切手を受け取ると、昼食をとった。そして都心に戻ろうと自動車に乗り、ラジオをつけたところに、ニュースが飛び込んできた。

《陸上自衛隊市ヶ谷駐屯地で、三島さんは総監を人質に籠城して、バルコニーで自衛隊員に決起を促す演説をしてから、割腹自殺をしたというのです。》

すでに、すべてが終わった後の報道なので、午後一時のニュースであろうか。

安部譲二が一九八六年の『塀の中の懲りない面々』で一躍ベストセラー作家となるまでの経歴は、暴力団組員、ばくち打ち、プロボクサー、キックボクシング解説者、日本航空パーサーなど、波瀾万丈である。

この安部の日航パーサー時代をモデルにしたのが、三島由紀夫の『複雑な彼』という小説だ。三島には純文学系列の作品と大衆小説とがあるが、これは後者で、「女性セブン」に連載され、田宮二郎主演で映画にもなった。しかし、あまり出来がいいものとはされず、ほとんど忘れられていた。安部の本名は「安部直也」で、「譲二」というペンネームは、安部をモデルにした『複雑な彼』の主人公の名からとられている。つまり、安部直也をモデルとした宮城譲二という小説中の人物がおり、その名をとって、安部譲二という作家が生まれたのだ。

『複雑な彼』は、安部がブームになると集英社文庫として刊行され、広く読まれるようになった。この文庫版の解説は、モデルである安部が書いている。そこにはこの事件の前夜、安部が三島から電話をもらったというエピソードがある。

それによると、三島は六本木の「ミスティー」というクラブに、楯の会のメンバーたちといるようで、「この店にキープしてある私のボトルは君にあげる」という用件だった。

あまりに唐突な話であり不自然だったので、安部は訊いた。

「ブランディーやウイスキーなら、置いといても悪くなることもないでしょう。外国にでも永い旅行ですか」

三島は、「ああ、そうなのだ」と答えた。

しかし、三島の年譜や「日録」では、「ミスティー」はクラブではなく「サウナ」とされ、ここに三島と楯の会の四人が行ったのは、十一月十四日が最後となっている。「前夜」というのも安部の記憶違いであろう。

安部は後に、三島が彼をモデルにした『複雑な彼』を書いたのは、楯の会の資金を作るためだったと聞かされる。

## デパートニューズ社

後に「本の雑誌」編集長として知られ、作家、写真家、映画監督となる椎名誠は、この年、二十六歳。銀座八丁目にあるデパートニューズ社（現・ストアーズ社）という流通業界を専門とする業界誌の出版社に勤めていた。「ストアーズレポート」という専門誌を創刊し、その編集長となり、部下が五人いた。副編集長が菊池仁《めぐみ》で、彼が連れて来たのが目黒考二（北上次郎）だった。しかし、目黒は入社して八カ月で、「会社に勤めていると本を読む時間がない」との理由で辞めていた。そのため、編集部は欠員が生じ、忙しい。

十一月下旬は「ストアーズレポート」の来年初めに出る二月号の編集実務が最も多忙な時期だった。この雑誌では、編集者が取材し、原稿を書くシステムとなっていたのだ。

その日、椎名は「マンガ世代が大人になっていくとやがてマーケットにどういう消費性向の変化があらわれるか」をテーマにした座談会の原稿を整理していた。

そこに、電話が鳴った。忙しいので、他の編集部員は誰もとろうとしない。仕方なく、椎名が受話器をとった。

すると、聞き覚えのある声がした。椎名の友人で弁護士の木村晋介だった。

「テレビ見たか」と木村は言った。椎名が戸惑っていると、「テレビ見たか。もう知ってるか」と、木村は繰り返す。

「え、何を？」と椎名は答えた。

「ああ、まだ知らないのか。三島由紀夫が自殺したよ。どうやらクーデターをしかけたらしい。だけど少し前に切腹して死んでしまったらしいよ」

椎名は「ええ？」としか言えなかった。

木村は弁護士の仕事で浦和地裁にいた。そこで書記官から「先生、それどころじゃありません」とテレビを見せられたのだという。

「とにかく、テレビがわあわあやっている」と木村は知らせ、最後に、

「じゃあな、お前も気をつけろよ」と言って、電話を切った。

椎名は受話器を置くと、タバコに火をつけた。

《「作家というのはいろいろ大変なんだなあ……」

たいして深い思いもなく自分の吐きだす煙の中でそのようなことを考えていた。》

木村と椎名は、学生時代に六本木のレストランで皿洗いのアルバイトをしていたことがあり、その店の客として来ていた三島を眺めたことがあった。三島との接点はそれだけだった。

## 水戸

ザ・ドリフターズはこの日、水戸にいた。松竹映画『誰かさんと誰かさんが全員集合!!』(渡辺祐介監督)のロケだったのだ。

いかりや長介をリーダーとするこのコミック・バンドが出演する「8時だョ!全員集合」が始まったのが、一九六九年十月からで、ちょうど一年が過ぎた頃だった。この時点で、小学生のいる家庭のほとんどが見ている番組に成長していた。

「全員集合」のタイトルは、しかし、映画のほうが先で、一九六七年に『なにはなくとも全員集合!!』がドリフターズの映画第一作として製作されている。

この年は、『誰かさんと誰かさんが全員集合!!』が撮影され、年末に、松竹の正月映画として『コント55号水前寺清子の大勝負』と二本立てで公開される。

『誰かさんと誰かさんが全員集合!!』は公開を一カ月後に控え、水戸でのロケの四日目だった。監督の渡辺によると、「骨っぽい日本男児の、これまた余りにもバカバカしく骨っぽ過ぎた戦中派いかりや長介氏の、勇ましくも哀しい愛国精神の物語」だった。

この日は偶然にも「軍服を着た長介氏が、ポンコツの上に仁王立ちになって門前に到着する」シーンのリハーサルを何度も繰り返していた。

渡辺が「笑顔を見せるな、愛国者は愛国者らしく、もっとシマった顔で乗りつけろ」といかりやへ指示していたところに、製作主任がこっそりと、「事件」を知らせた。

渡辺は、「へえ」と言ったきり、絶句した。

自分の演技があまりにも下手なので監督が黙り込んでしまったのではないかと思ったのか、いかりやが心配そうに、渡辺のほうにやって来る。

「どうかしたんですか」

「どうしたんだろう」

「少しは迫力が出て来ましたか」

「迫力なんてもんじゃない」

「じゃ、いいんですね？」

「俺にもよく分からない」

いかりやは自分の演技のことを、渡辺は三島のことを言っているのだが、不思議と、会話は、とりあえずは成り立った。

《薄気味悪そうにポンコツに戻って行く長介氏の軍服姿が、偶然の一致とは言い乍ら非道く不気味であったのを覚えている。》

その翌日もロケは続いた。渡辺は五人の様子をこう記す。

《ドリフターズは今日もズッコケ続けている。いかりや長介は大声で喚き散らし、加藤茶はオ

タオタと歎き廻り、荒井注はひたすら不貞腐れ、仲本工事は無思索の思索に耽り、高木ブーはオロオロと泣き歩く。》

これが、この当時の日本で最も人気のある五人組だった。

## 福田恆存

三島のかつての盟友であった、劇作家、翻訳家、評論家の福田恆存は、二十七日に初日を迎える劇団雲のT・S・エリオット作『寺院の殺人』の演出の手直しをしているところだった。福田はこの年、五十八歳。東京帝国大学文学部英文科卒業後、文芸評論家としての活動を始め、翻訳家としてシェイクスピアなどを訳し、保守派の論客としても論壇で活躍したが、一九五二年に文学座に入り、演出家として活躍した。しかし、杉村春子と意見が対立し、一九六三年に芥川比呂志らと共に文学座を脱退し、劇団雲を結成した。三島はこの時の文学座分裂では福田とは行動を共にせず、残った。だが、その三島もまた『喜びの琴』上演中止事件で脱退する。

福田は芥川とも対立し、雲とは別に劇団欅《けやき》を作るのだが、それはこの後の話である。この『寺院の殺人』は、芥川が主演で福田が演出した。

福田への第一報は東京新聞の記者からの電話だった。それは、事件を知らせるのと同時に、追悼文執筆の依頼でもあった。福田は「書けない」と答えた。

《咄嗟のことで訳がわからなかったのだ。そういうと、今でなくともいい、二三日したらいろいろ情報が入るだろうから、それを見てから書いてもらえないかという、が、二三日しても、咄嗟は咄嗟で、やはりわからないだろうと答えると、相手はなかなか執拗で何や彼やといろいろ理窟を並べる、そこで私はいくら何と言おうと、自殺した人間の本当の気持はわかりっこないといって電話を切った。》

ところが、翌日の東京新聞には、福田のコメントとして「わからない、わからない、わからない」と出たと、福田は教えられる（実際には、「三島とは全く立場が違うが、全くわからない。理解できない。実際のところがわからない。私には将来、永遠わからないだろう」と書かれた）。それを聞いて、福田は呆れ返った。

後に福田はこう書く。

《もし三島の死とその周囲の実情を詳しく知っていたなら、かわいそうだと思ったであろう、自衛隊員を前にして自分の所信を披瀝しても、ついに誰一人立とうとする者もいなかった、もちろん、それも彼の予想のうちには入っていた、というより、彼の予定どおりと言うべきであろう、あとは死ぬことだけだ、そうなったときの三島の心中を思うと、今でも目に涙を禁じえない。》

## 芥川比呂志

『寺院の殺人』に出演する文学座時代の三島の盟友である芥川比呂志は、舞台稽古に向かう途中の車中でニュースを知った。楽屋に入り、刻々とニュースを聞いているうちに、芥川はショックが大きくなり、その日の稽古はできなくなった。

この劇での芥川の最初の台詞は、

「彼らは知っており、しかも知らないのだ。行動するとはなんであるかを。あるいは苦痛とは何を意味するか」だった。

芥川の父は、いうまでもなく、自殺した大作家、芥川龍之介である。

## 浜名湖

東映の映画監督鈴木則文は、京都から浜松へ向かう車中にあった。藤純子主演「緋牡丹博徒」シリーズがこの頃の鈴木の代表作で、菅原文太主演「トラック野郎」シリーズはこの後となる。この日は『関東テキヤ一家　喧嘩火祭り』のロケハンをするために、浜松へ向かっていた。この映画は「関東テキヤ一家」シリーズの四作目にあたり、翌年公開される。主演は菅原文太。

ロケハンには五人のスタッフと共に車で出かけた。京都撮影所から名神高速道路へ出て、やがて東名に入った。カーラジオからは歌謡曲が流れており、いつしか鈴木はウトウトと眠っていた。

豊橋近くに来て、鈴木がふと目を覚ますと、歌謡曲を流していたはずのラジオからは、緊迫したアナウンサーの声が流れていた。

「三島由紀夫は本名平岡公威《きみたけ》、大正十四年東京に生まれ…」と三島由紀夫の経歴を伝えている。

鈴木則文は、運転していたスタッフに、

「三島由紀夫がノーベル賞でももらったのか」と訊いた。

数年前から、三島がノーベル賞候補になっていると噂されていたので、そう思ったのであろう。他にラジオで経歴を伝える理由など、思い当たらない。

「切腹しはったんですわ」

運転していたスタッフは答えた。

「えっ」

「自衛隊の中で切腹したらしいですわ。なんや、もう一人、切腹した奴がいる言うてましたで」

「ホントか、なんで起こしてくれへんかったんや」

「せやけど、よう寝てはるようでしたし」

「な、なに言うとるんや、そんな大事件を」

鈴木は、ひたすら驚いた。腰が抜けるほどだった。寝ていた他のスタッフを起こすと、「とにかく、テレビを見よう」となった。しかし、高速道路の上である。サービスエリアにでも行かない限り、テレビはない。

ようやく、浜名湖畔のサービスエリアに辿り着いた。それまでの間も、ラジオでは刻々と事件の詳報を伝えていた。

しかし、鈴木がテレビに駆け寄ると、そこには三島由紀夫の姿を見る人で黒山の人だかり――ではなかった。テレビには漫才と歌番組が映っていたが、人々はそれも見ず、ひたすら浜名湖を眺め、一緒にいる家族や恋人や友人たちと語り、笑っているのだった。そこには、いつもと変わらない日常があった。

《その日常的な光景は、車という密室で様々に揺れ高揚した私の神経に奇妙な風景に思えた。》

だが、鈴木自身もまた、浜名湖を観光している人々と同様に、三島事件にかまうことなく、ロケ地探しというその日の仕事に向かったのだった。

《自分自身に直接響く問題以外に他者の運命と本当にかかわることが人間にとっていかに困難であるか》と、鈴木は記す。その意味でも、彼も浜名湖の観光客も《まったく同じラウンドにある人種なのだ》と。

**澁澤龍彦**

作家澁澤龍彦は午後一時頃まで寝ていた。

友人からの電話で起こされ、《この痛恨やる方なきニュース》を知る。そして、仕事も何も手がつかず、追悼文を書く。その書き出しは、

《一九七〇年十一月二十五日、三島由紀夫氏が死去された。つい数時間前のことである。》

この追悼文は、「ユリイカ」一九七六年一月号に掲載される、文庫本にして八頁に及ぶものだ。

彼は雑誌「an・an」にも、短い追悼文を書いている。

《三島由紀夫さんの死をめぐって、多くの人が尤もらしい意見を述べていますが、私には、だれの意見も信用できないような気がします。ゲーテの「詩と真実」をもじって言えば、三島さんの「死と真実」は、これからの若い人が救い出さなければならない課題でしょう。生前の三島さんも若い人が好きで、テレビに出る大学の先生や評論家などは、頭から軽蔑しておりました。ヤング・パワーは三島さんの味方になるべきだと思います。》

「テレビに出る大学の先生や評論家」についても、澁澤は三島事件にからめて批判している。

「新潮」一九七一年二月号掲載の追悼文「絶対を垣間見んとして……」に澁澤は、三島事件に

際してテレビや週刊誌に登場した文化人について、《文化人諸氏の発言が、あまりにも太平楽をきめこんだ、解説屋の良識的批判を一歩も出ていない俗論ばかりだと思われてならなかった》と書く。

澁澤と三島との出会いは、一九五六年に左翼系出版社の彰考書院が澁澤の『マルキ・ド・サド選集』を出版した時に遡る。まだ一度も面識のない三島に、澁澤が手紙で序文を依頼すると、三島は快諾した。この時点での澁澤は、東大仏文科を卒業した後、コクトーの『大股びらき』の翻訳で一部には知られるようになっていたが、一般的には無名であり、さらにはサドも日本ではほとんど読まれていなかった。だが、三島はサドのことも、澁澤のこともよく知っていたのだ。澁澤が三島と初めて会うのは、その本を持参した時だった。奥付には一九五六年七月三十日発行とあるので、その前後であろう。

以来、十四年にわたる三島との親交が続く。

澁澤が三島と最後に会ったのは、一九七〇年八月三十一日、澁澤が初めてヨーロッパに出かける際で、羽田空港まで三島が見送りに来てくれたのだった。

《空港のロビーに現われた氏は真っ白な「楯の会」の制服制帽で、いやが上にも人目を惹き、私たちを存分に楽しませてくれた。》

三島は出発直前の澁澤に、海外旅行におけるさまざまな注意事項を伝授した。

澁澤は九月一日にアムステルダムに着き、ハンブルク、ベルリン、プラハ、ウィーン、さらにミュンヘンをはじめとするドイツ各地、ブリュッセル、ブリュージュとまわり、二十二日にパリに着く。以後もヨーロッパ各地をまわり、アテネから南回り便で、十一月七日に帰国した。

帰国後、澁澤は帰国したという報告と挨拶を三島にしなければと思いつつも、その機会を逸していた。そして、この日を迎えてしまったのだ。

《三島氏の自決の報に接して、まず私が最初に感じたのは、「とうとうやったか……」という沈痛の思いであった。予期していたといえば嘘になろうが、少しでも氏の最近の言動に関心をもっていた者ならば、今日の異常な最期は、あながち予測できなかったことではなかったはずなのである。》

佐藤栄作総理大臣の「気が狂っているとしか思えない」という発言を引いて、澁澤は、なぜ三島がこのような「狂気」の道を突っ走ることになったのかを、こう解釈する。

《日本国民すべてがあんまり気違いではなさすぎるので、三島氏は、せめて自分ひとりで見事に気違いを演じてやろう、と決意したのにちがいない、と。そして氏はいつしか完璧な「気違い」になったのだ。》

サドという、狂気の文学を通じて知り合った二人は、こうして永遠の別れを迎えた。

## 工業調査会

技術系雑誌の出版社、工業調査会の編集者である藤岡啓介は、昼食をとりに行った会社近くのラーメン屋のテレビで事件を知った。

同僚には熱心な三島ファンがいたが、あまりに不可解な事件なので、その同僚とも何も話さなかった。この事件は多くの人を饒舌にしたが、同じくらい多くの人を寡黙にもした。

藤岡はこの年、三十六歳。早稲田大学文学部露文科在学中に、父の会社である彰考書院の澁澤龍彦訳の『サド選集』の編集・発行人となった。澁澤が手紙で三島に序文を依頼した後、藤岡も編集者として三島に電話で依頼した。「サドはいいですよ」と三島が言ったのを藤岡は記憶している。藤岡が三島と話したのは、それが最初で最後だった。

彰考書院は『サド選集』を発行した後に倒産した。藤岡は工業調査会に入り、雑誌「機械と工具」の編集者となった。

この年の秋、藤岡は雑誌の取材でソ連・東欧諸国に出張した。その旅で偶然、十数年ぶりに澁澤と再会した。澁澤の『渡欧日記』には、九月八日、プラハに滞在していた日の出来事として、

《朝、食事をしていると、藤岡啓介がテーブルに現われる。十余年ぶりで、久闊を叙し、ロビーでいろいろ話をする》とある。

彰考書院倒産後、二人が会うのはこれが初めてだった。そして、最後の出会いともなる。

藤岡は、仕事の上でかつて三島の世話になったわけだが、

《三島にはまったくといっていいほど影響されなかった。『金閣寺』やらなにやら、事件や人物をモデルにしなければ駄目なのか、と小馬鹿にしていた。慎太郎もそうだったけど、やたらと画数の多い漢字を使っていて、キザだな、と眺めていた。

事件もさることながら、翌日の毎日新聞の一面で司馬遼太郎が「追悼」しているのを読んで、「司馬さんは危険な思想をもっているな、これは右翼だ」と、そちらの方に驚いた。》

と、四十年後に回想している。

## 東京都渋谷区立代々木中学校校庭

その少年は、中学三年生だった。長崎県で一九五五年に生まれ、一九六〇年に親の仕事の都合で東京に来て、一九六二年に渋谷区立幡代《はたしろ》小学校に入り、六八年に渋谷区立代々木中学に入学した。

少年は校庭で数人の友人とふざけながら、走り高跳びをして遊んでいた。

《そこへ、また別の友人が、校庭の遥か向こうから息を切らして走ってきて言った。

「野田、三島が死んだぞ。腹を切って」》

少年は、小説をよく読むほうだったが、《その頃のちょっと背伸びをした子供達の中で流行っていた小説は、大江健三郎であり、安部公房であり開高健であった》ので、三島は読んでいなかった。彼が抱く三島のイメージはその作品からではなく、メディアが報じる「奇行」によって出来上がっていたという。

《だが不思議なことに、その割腹自殺だけは、奇行や狂気に思えなかった。とても冷静な人間の死に映った。

それから私は三島の作品を読み始めることになる。》

少年は翌年三月に中学を卒業し、東京教育大学附属駒場高等学校に入学、そこで演劇と出会い、一九七二年に処女戯曲「アイと死をみつめて」を自作自演する。

このように演劇の道に進み始めていたが、彼は東大法学部に進学する。その理由のひとつには《三島由紀夫も行ったところだ。それがあった。漠然と三島由紀夫が気になっていた》からだった。そういう理由だけで、入れるような大学ではないのだが、この大学の卒業生の多くが、日本一の大学だから入ったとは言わない。

彼は一九七五年に東京大学に入学すると、演劇研究会に所属し、翌年に劇団夢の遊眠社を結成する。

彼——野田秀樹は事件から三十年後にこう書く。

《三島由紀夫の死によって、近代の作家の人生とその作品を語る意味が、私の中で消えていったのだと思っている。》

**宮崎学**

「週刊現代」の宮崎学は楯の会のアジトに駆け付けたが、誰もいない。そこで、楯の会と関係のある右翼雑誌の幹部のアパートに向かった。その幹部も早稲田大学時代に顔なじみとなっていた。しかし、そこにはすでに共同通信と産経新聞の記者が来ていた。右翼の幹部は不在だったが、待っていると、やがて帰って来る。宮崎は共同通信の記者たちが取材を申し込むのを押しのけ、その幹部を車に押し込んで、いわば拉致するように連れ去った。

「週刊現代」は、その右翼幹部の話を盛り込んだ記事を掲載した。

《「週刊現代」の三島事件の記事は、なかなかいい出来で評判もよかった。取材の際、私は、三島のことよりも、いったい今、右翼が何を感じ何を考えているのかを中心に話を聞いた。三島個人についてより、右翼の時代認識、心情と論理のほうが興味があったのだ。三島事件の報道は、翌日の朝日新聞〔実際は当日の夕刊〕が、森田に介錯させて割腹自殺した三島の生首の写真を掲載したりして、センセーショナルにその異常性を強調していたが、そのなかで、大衆週刊誌でありながら事件の時代背景をえぐったのが、一定の注目を受けたのだった。》

このように、宮崎は自画自賛している。

宮崎が書いた記事はどれであろうか。

当時の「週刊現代」を見ると、事件から二週目の十二月十七日号の「掟を破って楯の会の内幕を明かす」「4人が選ばれた経緯からその後に起こった混乱まですべてを初めてお伝えします」という見出しの四頁にわたる記事であろうか。

リードによると、楯の会の三人に匿名で発言してもらい、その了解のもとに構成した手記だという。

あるいは、その前の週の十二月十日号の「三島隊長衝撃決行までの全行動記録」かもしれない。そこには九人の人物による事件直前の三島についての「証言」が載っており、そのなかに、三島と共に自決した楯の会の森田必勝の友人である早稲田大学の学生、前日本学生同盟委員長、山本之聞《ヒフシ》の証言がある。

いずれにしろ、宮崎の署名はどこにもない。これは彼が軽く扱われていたのではなく、週刊誌の記事とはそういうものだからだ。週刊誌では、記者が取材して書いた原稿をアンカーマンと呼ばれる編集者が全て書き直していく。当時の宮崎は、そういうデータ原稿を集める立場だったであろう。

## 仙台、東北大学

作家中村彰彦はこの年、二十一歳。将来は純文学の作家になりたいと考えている東北大学文学部の二年生だった。

教養部のキャンパスに着くと、

「三島由紀夫が自衛隊に乗り込み、切腹を図ったが失敗して救急車で運ばれたらしいよ」と友人から聞いた。

中村はとっさに、

「なんだ、みっともないことをして」と応じた。

《めだちたがり屋の三島が今度ばかりはとんだしくじりを犯したようだ、と感じたためにほかならない。しかし私はまもなく第一報が誤報と知り、背筋に悪寒が走るのを覚えた。》

中村は、三島の死もさることながら、三島と共に死んだ森田必勝が自分とほぼ同年であることを知り、衝撃を受けた。中村が「人生いかに生きるべきか」と考えていた同じ年代に、「いかに死すべきか」と《正反対の発想で人生を見つめていた同世代人がいたと知って》、言葉もなかったのだ。

中村は東北大学在学中に文學界新人賞に佳作入選するが、一九七三年に文藝春秋に入社して編集者となる。だが、一九八七年に『明治新選組』でエンタテインメント小説大賞を受賞し、一九九一年から作家専業となる。

そして、一九九九年から森田必勝の評伝を書き始め、事件から三十年後の二〇〇〇年に『烈士と呼ばれる男――森田必勝の物語』を上梓する。

## 産経新聞社

産業経済新聞社（産経新聞社）の地下の社員食堂のテレビを見て、愕然としている青年がいた。

鈴木邦男、二十七歳。

鈴木はこの年の夏に、産経新聞社に途中入社したばかりだった。ミッション系の高校に通ったが、卒業直前に教員を殴り退学になるなど、高校生の頃から行動の人だった。早稲田大学政治経済学部政治学科に入ってからは、左翼運動が盛り上がるなか、それとは逆に、生長の家学生会全国総連合に所属し、書記長として活動し、さらに民族派学生組織「全国学生自治体連絡協議会」（後に「全国学生協議会連合」）の初代委員長となるなど、右翼・民族派の活動家となる。

一九七〇年に大学院を中退し、一時は仙台の実家に帰っていたが、産経新聞社に入り、販売局に在籍していた。最初の一カ月は東京のはずれの新聞販売店に住み込んで働くことから始めた。背広もネクタイも、ようやく板についてきた頃だった。

そこへ、この事件だった。

鈴木は虚脱状態で、テレビを見ていた。

しばらくすると、昔の学生仲間が会社に訪ねてきて、「仕事なんかやってる時じゃねーだろう」と言う。たしかに、ボーッとして仕事にもならない、そこで部長に申し出て、早退させてもらった。しかし、早退しても、何をするというわけでもない。鈴木は昔の学生仲間が集まっていそうなところをフラフラと歩いた。

《自分がこんな時、会社に勤めているなんて、何かとてつもなく犯罪的な事のように思えてならなかった。

三島が死んだというよりも、森田が死んだ事にショックを受けた。森田とは大学でずっと一緒に運動してきた仲である。》

鈴木は森田必勝をこう評する。

《明るくて、いつもニコニコしていて、とてもあそこまで思いつめていたとは思えなかった。》

民族派の学生運動組織が内ゲバをしていた時も、森田だけは毅然とし、

「少ない勢力で敵対し合ってもしょうがないでしょう。もっと大きなことを考えなくては」と言っていた。

鈴木は、一九七二年に新右翼団体「一水会」を創設し会長に就任する。翌年には防衛庁乱入事件を起こして逮捕され、懲戒免職となる。以後は運動に専念し、やがて著述に活動の場を移

す。

何かやらなくてはだめだとの思いが、新右翼を生んだ。それは、森田への「負い目」が駆り立てたものだったと、鈴木は後に自己分析している。

### 石川達三

作家石川達三が事件を知ったのは、すべてが終わった後の午後一時のラジオのニュースだった。

石川のもとにも新聞社からコメントを求める電話があったが、《自分ひとり悟ったような顔をして批判がましいことを言うのが厭だったから、全部ことわった》と、その日の日記にはある。

石川の、公表されることを前提とした一九七〇年十月一日からの日記が、雑誌「新潮」に「流れゆく日々」として連載されるのが、一九七一年二月号からだ。五木寛之はこれに対抗して、一九七五年に創刊される日刊ゲンダイに「流されゆく日々」と題して毎日エッセイを書き続ける。

石川の事件の認識は、《三島由紀夫君が市ヶ谷の自衛隊に楯の会の同志四人と共に押し入り、数人を傷つけたうえ、割腹自殺をした》である。

そして、こう思う。《何よりも何よりも、もっと自分を大切にしてほしかった。》ここまではごく当たり前の感想であろう。石川はこう続ける。《あの男ならやり兼ねないという気もするが、また一方、それをやって何になるのかという怒りをも感ずる。》「あの男」とは、かなり冷淡な、突き放したような書き方だ。石川はさらに、三島が作家としての業績と名声に未練をも残さなかったのは、「自分は戦後の社会を否定して来た。否定してきて本を書いて、お金をもらって暮して来た」〔三島の、武田泰淳との対談での発言〕ことに罪の意識を感じていたためであったかと推測する。

このように冷淡に書いた次のパラグラフでは、石川は三島に同情的になり、さらには誰よりも詳しく、演劇的観点からの分析を展開する。

《ところが不用意にもマイクロフォンも持っては居ないのだ。若い自衛官たちは散々に弥次を飛ばし、演説はほとんど聞えなかったと言う。演説は独り芝居に終った。彼は演劇に詳しい。この最後の大芝居に彼は失敗したのだ。その時の彼の心の淋しさを思うとたまらない気がする。》

実際は「サンデー毎日」の徳岡が書いているように、三島の声は現場ではよく通っていた。テレビやラジオでは聞こえなかっただけなのだ。

《彼は立派に自決した。切腹し、同志の刀で首を打ち落された。しかしあまりにも古風で、芝居がかりだった。嘗て彼は「憂国」という映画に出演し、切腹自殺の場面を演じている。あの時から既に切腹へのあこがれが彼の心に在ったらしい。何とかして自分の死を美しくしたかった。劇的な美を求めていたようだ。小説を書き、芝居を書き、演出をし、映画に出演し、剣道にはげみ、百貨店で三島由紀夫展をひらき、あらゆる機会を捕えて自己顕示を求めて来た俊才三島は、国家主義と天皇中心主義とにはまり込んでしまって、結局彼自身を滅ぼした。》

石川達三はこの年、六十五歳。第一回芥川賞受賞作家であり、社会派の大作も書けば、男女関係をテーマとした小説も書く、当時のベストセラー作家である。石川の小説は映画化されることはあったが、彼自身が映画に出ることはないし、芝居とも縁がなければ、剣道もしなかった。石川は、若い三島にある種の嫉妬を感じているようでもある。

この日の日記は長い。

《ラジオもテレビも夕刊も、すべて彼を（三島）と呼び捨てにしていた。この事件の瞬間から彼は既に（犯人）扱いであった。過去に於ける彼のあらゆる名誉は失われ、尊敬は拭い去られた。やはり彼は間違っていた。犯人になってはいけなかったのだ。むしろ憂国の遺書や建白書を残して独り静かに自決した方が、彼の憂国的な行為は効果があっただろうと思われる。最後に、少し芝居気が多過ぎたような気がする。惜しい男だった。》

そして、新聞社からコメントを求められても断ったと記して、この日の日記は終わる。

## 立教大学

作家辻邦生は、この年、四十五歳。三島と同年である。東大文学部仏文科を卒業後、大学院に進み、一九五七年からはパリへ留学した。その一方で、ジャーナリストだった父の新聞を手伝ったり、民生デイゼル工業（後の日産ディーゼル工業、現在のＵＤトラックス）宣伝部の仕事を嘱託でするなどしていた。

辻は一九六三年に『廻廊にて』で近代文学賞を受賞し、作家としての道を歩み始めるが、立教大学の助教授として教鞭をとっていた。この時期は、『背教者ユリアヌス』を雑誌「海」に連載中である。三島とは、一度も会ったことがなかった。

辻は教室に行き、午後の講義を始めようとしたが、学生たちがなんとなくざわめいていて落ち着かない。それは明らかに、いつもと異なる雰囲気だった。何があったのかを確かめようとした時、学生のひとりから、事件を告げられた。

《一瞬、私は顔面に激しい打撃をくらったように感じたが、辛うじてそれをこらえた。》

学生に「そのニュースは確かなのか」と訊くと、「テレビで知りました」と答えた。辻はどうしてそんなことが起きたのか納得できなかったし、半信半疑だったが、学生たちの動揺を察すると、教師としての義務感から、次のように言った。

《われわれは身も心も震撼されるような大事件に見舞われることがある。そしてそのため、もう夜は二度と明けないのではないかと思うことさえあるが、しかしどんな激動の事件のあとでも、やはりふだんと変りなく太陽は東の空にあがる。それはわれわれの激情を嘲笑するように、何事もなかったような顔をしている。しかしわれわれが生きてゆく以上、こうした生のアイロニーを知らなければならない。いままだ私には三島さんの死は信じられないが、もしそれが事実だとしても、どうか、こうした生のアイロニーのことを考えて、いたずらに極端な考えに走らず、生の現実について考えていただきたい。》

こう述べた後、辻は小説論の講義を始めた。

## 中央区月島の古書店

後に作家となる出久根《でくね》達郎は、この年、二十六歳。中央区月島の古書店で店番をしていた。五反田の古書市場に出かけていた店主から電話がかかり、「三島の本をまとめておけ」と命じられた。

店主は「三島がテレビで演説している」と言うのだが、テレビを見ていない出久根には、何の意味なのか、よく分からなかった。

そうこうしているうちに、主婦らしき中年の女性が血相を変えて、店に飛び込み、

「三島さんの本をみんなちょうだい」と言った。

店には『三島由紀夫VS東大全共闘』や『葉隠入門』『若きサムライのために』などが何冊もあった。主婦は、「三島さんの本は読んだことがないのよ」と言いながら、それらをひととおり、買っていった。しばらくして、また別の主婦らしき女性が「三島さんの本はない？」とやって来る。

　次から次へと、日頃、三島にも文学にも縁のなさそうな女性たちが、《あたかもバーゲン品をあさるかのように、夢中で買い上げていったのは驚きだった》と出久根は回想する。この時間帯に家にいてテレビを見ていたのは主婦たちだったので、出久根の店番していた店には中年の女性ばかりがやって来たのだ。

　店にあった三島の本は、瞬く間に売れてしまった。出久根は昼食をとる暇もなかった。当時、五千円か六千円もした総革装のサイン入りの限定本『三島由紀夫自選集』までも売れた。

　店主が帰って来ると、出久根は得意げに、「三島の本は売り切れました」と言った。店主に褒められるかと思ったが、逆だった。店主は渋い顔をしたのだ。店主が「三島の本をまとめておけ」と言ったのは、まとめて除《よ》けておけという意味だったのだ。

　この事件により、新刊書店では三島の本はどこも売り切れになるだろう。したがって、古書店で値を上げても売れるに違いない。そのため、数日間、店には出さないでおこうというのが、店主の考えだったのだ。

しかし、まだ若い出久根には、そんなことは分からなかった。

彼が杉並区高円寺に自分の店を持つのは、この三年後のことである。

あの日、三島の本を買いあさって行った主婦について、出久根は三十五年後にこう書く。

《あの時の本は、持っているだろうか？　いや、果して読んだのだろうか。一時的にせよ彼女を熱狂させた天才作家の死は、その後の彼女の人生に、どのような影響を及ぼしたのだろうか。

あの時の客たちに、その後の三島観を、そっと聞いてみたい気がする。もしかすると、その答えが、三島自決後の日本人の精神史であり、日本の真の姿かも知れないのである。》

三島の本が売り切れたのは、出久根が店番をしていた古書店だけではない。全国の新刊書店でも、店頭にあったものはその日のうちに売り切れたと伝説になっている。

## 後楽園競輪

現在、東京ドームのある場所はその前には後楽園ジャンボプールがあったが、さらにその前は競輪場だった。一九六七年に東京都知事に当選した美濃部《みのべ》亮吉の政策で、東京都は公営ギャンブル廃止の方針を打ち出し、それによって、後楽園競輪は一九七二年をもって廃止される。

したがって、一九七〇年にはまだ競輪が行なわれていた。

後に作家となる森巣《もりす》博は、この日、この後楽園競輪にいた。森巣はこの年、二十二歳。東京都立豊多摩高校を一九六六年に卒業した後（隣のクラスに橋本治がいたが、交流はない）、当人が語るには、「ある人に誑《たぶら》かされて」、神田《かんだ》駿河《するが》台《だい》下にある「真面目な出版社」に勤めた。しかし、八カ月後に倒産したので、「水道橋にある不真面目な雑誌社」で編集者となり、打ち合わせを会社のそばの後楽園競輪場でするなど、「何ともひどい編集者」だった。

この日は水曜で、本来ならば公営ギャンブルは休日だった。しかし、後楽園競輪の決勝レースが雨天順延により、この日に行なわれたのだ。

森巣はこう回想する。

《私がボロクソに負けて競輪場から出てきたら、パトカーのサイレンがやけにうるさい。すると、みんなが「大変だ、三島が自衛隊に入った」と騒いでる。》

森巣には三島の行動が理解できなかった。

森巣がこの後楽園競輪で「大勝利を収め」、勤めていた出版社を辞めるのは、この翌年だった。一万円の元手で三百万円を当てたのだ。初任給が三万円前後の時代の三百万円である。

同じ日に同じ後楽園競輪でアルバイトをしていたのが、後に人権派の弁護士となる内田雅敏だった。この年、二十歳で早稲田大学法学部の学生だった。内田は司法試験の勉強を始めた直後で、アルバイトをして生活費を稼いでいた。そのアルバイトが、競輪の車券にミシンで番号を打ち込む仕事だったのだ。

「あのバカ、本当にやりやがった」

内田は事件を聞いた時に、こう思った。

## 歌舞伎座

この月の歌舞伎座は、松竹創立七十五周年記念「顔見世大歌舞伎」で、中村歌右衛門《うたえもん》、中村勘三郎《かんざぶろう》、尾上《おのえ》梅幸《ばいこう》、尾上松緑《しょうろく》、中村鴈治郎《がんじろう》、片岡仁左衛門《にざえもん》、坂東三津五郎《みつごろう》、市村羽左衛門《うざえもん》、中村芝翫《しかん》、中村雀右衛門《じゃくえもん》、尾上九朗右衛門《くろうえもん》、片岡我童《がどう》と、ほとんどの歌舞伎役者が出ていた。一等席三千三百円と、当時としては史上最高の観劇料となったことも話題のひとつだった。

十一時から始まる昼の部は、『伽羅先代萩《めいぼくせんだいはぎ》』の通しだった。「花水橋」「竹の間」「御殿」「床下」「対決」「刃傷」と続く。

前半の主役である政岡を演じていたのは、歌舞伎座の立女形《たておやま》にして劇界の女帝、中村歌右衛門だった。この年、五十三歳。すでに史上最年少で藝術院会員となり、人間国宝でもあった。三島由紀夫がその美を絶賛し、何度もエッセイを書いた女形である。三島は、歌右衛門のために五作の歌舞伎を書き下ろし、写真集を編集した。

歌右衛門が三島に最後に会ったのは、十月二日に放送されたテレビ番組である。歌右衛門についての番組に三島がゲスト出演した。

そのニュースを歌右衛門は「御殿」の場の直前、政岡の扮装をして出番を待っていた時に知った。

《御簾が上がる直前に舞台裏で耳にしたんです。舞台裏で、他の人が話しているのを耳にしたわけです。お弟子さんたちは済むまで私の耳に入れまいと思ったわけでしょうが、開く前のそれも、御簾が上がる直前に舞台裏で話していたのが耳に入って、私はもうハッとしました。それで何と言ったらいいのか、本当に口惜しかった。もったいないと思った。》

**勝新太郎**

俳優勝新太郎は、翌年一月に公開予定の『新座頭市 破れ!唐人剣』の撮影中だった。

一九六九年の映画『人斬り』で三島と勝は共演していた。幕末の土佐藩の刺客、「人斬り以蔵」こと岡田以蔵を描いたもので、勝が以蔵、土佐勤王党の首領武市《たけち》半平太を仲代達矢、坂本龍馬を石原裕次郎、そして薩摩藩の刺客、田中新兵衛を三島が演じた。

三島は勝が気に入り、「親切ないい人だ」と、その頃会う人ごとに言っていた。

事件を知った勝は、「今日はもうやめる」と、半分泣きながら言って、撮影は中止となった。

人間味溢れるこの俳優は、この年、三十九歳。

## 名古屋

映画『人斬り』の出演者のひとり、仲代達矢はこの年、三十八歳。この日は名古屋にいた。俳優座の『オセロ』の初日だったのだ。仲代はオセロを演じる。俳優座はこの後、十二月二十四日まで、名古屋、神戸、大阪、京都、岡崎、年が明けて一月七日から二月十七日まで、九州、中国、四国とまわり、東京では二月二十日から三月二十日までという長期の公演が続く。

仲代と三島は、『金閣寺』を市川崑監督が映画化した『炎上』に出演した際に、原作者と出演俳優として出会い、映画『人斬り』では共演者となった。京都の撮影所に向かう際、東京から大阪への飛行機で三島と席が隣になった際、仲代は何気なく、

「どうして、作家なのにボディビルをやるんですか」と訊いた。

三島は快活に答えた。

「そりゃ、君、僕は切腹して死ぬからだよ」

『人斬り』では切腹シーンが予定されていたので、

「今回の映画の切腹シーンのためですか」と仲代は冗談のつもりで言った。

三島は「そうじゃないよ」とあっさりと言った。

「僕は本当に切腹して死ぬ時に、脂身が出ないように、腹を筋肉だけにしているんだ」

仲代は言葉に詰まった。

映画『人斬り』の撮影は、一九六九年五月から六月にかけてのことだ。この頃すでに、三島は本気だったのであろうか。

## 青山斎場

この日、東京都港区の青山斎場では、肥後熊本の旧藩主、細川家第十六代当主細川護立《もりたつ》の葬儀が営まれていた。細川は一週間ほど前の十一月十八日に、八十七歳で亡くなっていた。後の内閣総理大臣細川護熙《もりひろ》の祖父にあたる。

細川は若い頃は「白樺派」の同人のひとりで、志賀直哉や武者小路実篤《さねあつ》、あるいは梅原龍三郎や安井曾太郎《そうたろう》といった芸術家たちの友人・パトロンでもあった。美術品の収集家としても知られ、国宝保存会会長、財団法人日本美術刀剣保存協会会長、東洋文庫理事長などに就いていた。

作家川端康成は、細川護立の長男細川護貞の娘明子と表千家の十四代目千宗左《そうさ》（襲名前は宗員）との結婚の際の媒酌人だった。

二年前に日本人としては初めてノーベル文学賞を受賞した大作家は、この年、七十一歳。

川端は、この細川の葬儀のために鎌倉の自宅から妻と東京に出て来ていた。

午後二時、葬儀が終わり、青山斎場の玄関へ出てきたところで、川端は松本重治《しげはる》から、市ヶ谷での出来事を知らされた。松本は吉田茂のブレーンとしても知られるジャーナリストである。

《三島君の家に行こうと家内も言った。しかし、動き出した車でラジオのニュウスを聞くと、三島君の遺骸はまだ市ヶ谷の自衛隊にあるらしいので、とにかくそこへ行ってみることにした。》

川端は、市ヶ谷の自衛隊駐屯地へ向かった。

## ホテルニューオータニ

この日、作家石原慎太郎はホテルニューオータニに部屋をとり、仕事をしていた。

石原はこの年、三十八歳。一九五六年に当時としては史上最年少で芥川賞を受賞し、一躍、文壇の寵児となった。一九六八年には参議院議員選挙に当時の全国区から自民党公認で立候補し、空前の三百万票をとってトップ当選した。

石原は秘書からの電話で事件を知った。

《三島氏が楯の会のメンバーと一緒に市ヶ谷台の自衛隊東部方面総監本部に赴きなにやらとんでもない事件を起こしたらしいと知らされた》と、石原は一九九六年に書いた『国家なる幻影』で回想している。

石原は急いで部屋のテレビをつけた。それを見ているうちに、《当事者の三島氏の名の呼び方が変わっていき、犯人三島と呼び捨てにされ》た。この途中から呼び捨てになったことを、石原もまた怒りと共に記憶しているわけだ。

三島が割腹自殺を遂げたとテレビが報じると、石原は自分の事務所に電話をし、車の手配を頼んだ。そして、市ヶ谷へ急行した。

## 佐世保

演出家の浅利慶太は佐世保にいた。彼が主宰する劇団四季の『泥棒たちの舞踏会』の地方公演の準備と、『なよたけ』公演の挨拶のためだった。この年、三十七歳。

浅利は日生劇場で活躍していた時代、三島が文学座を辞める原因となった『喜びの琴』をはじめ、三島作品を何作も演出していた。

浅利の言葉として、「週刊現代」一九七〇年十二月十二日臨時増刊号にはこう載っている。

《なぜ死んだんだ。死んでほしくなかった。疑問と哀惜の複雑な怒りでいっぱいです。》

翌年一月の『泥棒たちの舞踏会』のパンフレットには、こう書いている。

《親しくしていた人だけに人一倍のショックもうけたし、同時にかれが残した言葉を考えてみた。

「行動」とはなにか。実はこのことを一番語りかけたい相手は三島さんである。

衝撃によって歴史が変った例はない。伝統が生まれた例もない。》

日本は、明治以来の百年間に東西文化の潮流が激しく渦巻き、西の影響は、経済、政治、軍事、そして社会のあらゆる面に激しい変化を与えた、日本の伝統と文化は混乱の極に落ちた。

だが、と浅利は書く。

《三島さん自身が、この混乱を、決して破壊に向うものではなく、未来になにかを生み出す巨大な混沌なのだと書いていたと記憶する。かつての三島さんの鋭い洞察力はどこへ行ってしまったのか。》

## 赤坂、TBS

午後、ＴＢＳのディレクター久世《くぜ》光彦《てるひこ》は局内で、ドラマ『日曜8時笑っていただきます』のリハーサル中だった。複数の脚本家が順番に担当していたが、そのひとりに向田邦子がいた。出演者は、堺正章、水前寺清子、和田アキ子、丹阿弥谷津子、日下《くさか》武史、悠木《ゆうき》千帆《ちほ》（樹木希林）、萩原健一、三波伸介といったメンバーで、裏番組であるＮＨＫの大河ドラマ『樅《もみ》の木は残った』に対抗して、二十五パーセントの高視聴率をとっていた。

そのリハーサルの最中に、出演者の丹阿弥谷津子が事件を伝えた。丹阿弥は文学座の女優だったが、三島が文学座を脱退した時に行動を共にし、劇団ＮＬＴ結成に参加、三島の代表作『サド侯爵夫人』で主人公を演じた。

久世によると、

《丹阿弥さんは静かだった。可愛がっていた少年が不始末をして、困ったものだといった風だった。》

丹阿弥はこの年、五十六歳。三島より十一歳上である。

事件を知ってしまった久世は落ち着かない。リハーサルを早めに切り上げ、局内の喫茶店へ行った。そこには脚本家の倉本聰がいた。

倉本は久世の顔を見ると、

「お前、どうする」と掠れた声で言った。

《この人も静かだった》と久世は書く。

久世は、質問の意味が分からないまま、

「どうしよう」と答えた。

倉本の質問が、「今日、これからどうするのか」だったのか、「これから先の日々、どうするのか」という意味だったのか、久世はついに理解できないままだった。

久世と倉本は共にこの年、三十五歳。二人とも東大文学部美学美術史学科の卒業だ。久世はラジオ東京（現・TBS）に入社しドラマのディレクターとなる。一九七〇年は久世の代表作となる『時間ですよ』の第一シリーズが二月から八月まで放送された年でもあった。

久世は一九六二年にTBSで三島の『鏡子の家』がテレビドラマ化された際の演出助手で（演出は大山勝美）、主演の岸田今日子に連れられて、三島との宴席に出たことがある。それが、久世が三島と会った、唯一の機会だった。

しかし、三島の小説は若い頃からよく読んでいた。一九九七年発行のエッセイ『時を呼ぶ声』に、久世はこう書いている。

《私たちが文学少年だったあのころ、三島由紀夫は私たちにとっては日蝕のような存在だった。光り輝く太陽ではなかった。もっとも、あの時代には太陽なんて誰も信じなかった。病んでいるものしか信じられないと、少年までもが嘯《うそぶ》いていた奇妙な時代だったのである。だから、三島由紀夫は日蝕だった。病んで冷たい太陽だった。その証拠に、彼の作品には、いつも私たちが大好きな死の匂いがした。》

倉本は東大卒業後、一九五九年にニッポン放送に入社し、ディレクター・プロデューサーとなるが、翌年に日本テレビの『パパ起きてちょうだい』の脚本を書いて脚本家としてデビュー、六三年にニッポン放送を退社し、フリーとなっていた。この時期、倉本が書いていたのは、読売テレビ系列で放送されていた生島治郎原作の『男たちのブルース』で、これはＴＢＳとは関係がない。倉本が富良野へ行くのは、一九七四年のことだ。

久世は三島より十歳下なので、十年後に三島が亡くなった四十五歳の誕生日が近づくと、「あれこれと心乱れた」。

そして一九九九年、一九七〇年十一月二十五日について久世はこう書く。

《もう一つの敗戦の日だったように思われます。》

## 麻布高校

フランス文学者で映画評論なども書く中条《ちゅうじょう》省平はこの年、十六歳。麻布高校の一年生だった。二〇〇五年の三島没後三十五周年に、中条は『三島由紀夫が死んだ日』という本を編集する。続編も出るが、三島と関係のある著名人に、十一月二十五日について書いてもらった文章を集めたものだ。そこに、中条自身も書いている。

午後の休み時間、校舎の棟と棟をつなぐ一角にある石づくりの螺旋階段を下りていると、上の階段から身を乗り出した級友が、「三島が自殺したぞ」と言った。その級友は体調をくずして授業に出ず、学校のどこかにあるテレビを見ていて、事件を知ったのだった。

中条は三島の小説を中学生の頃からよく読んでいたので、ショックだった。しかし、この時

代の青年の多くがそうであるように左翼に傾倒していたので、

《三島の極右的行動はまったく理解の埒外にあり、たとえば小説『憂国』が描く血みどろのデカダン耽美主義には快哉を叫んだものの、天皇に至上価値を見るナショナリズムは私にとって否定の対象でしかありませんでした。》

楯の会のパレードにも、田舎芝居のような泥臭さを感じていたという。

そんな青年でも、三島が単に自殺したのではなく、《割腹刎頸《ふんけい》という死にかたを選んだ》と知ると、衝撃は大きかった。

すぐ後の授業は国語だった。後に青山学院女子短期大学教授となる栗坪《くりつぼ》良樹が教えていた。この年、三十歳。授業では、「三島の死」を語ることになった。中条は「なんだかかわいそうだと思いました」としか言えなかった。すると、栗坪は「私もまったく同感なんだ」と言った。

栗坪は二十年後の一九九〇年にアンソロジー「群像　日本の作家シリーズ」の三島由紀夫の巻に「代表作30編ガイド」「収録論文解説」「三島由紀夫年譜」を執筆している。中条によると実際の編集も栗坪が担ったようだ。

## 市ヶ谷、自衛隊駐屯地

十四時二十分、青山葬儀所から急行した川端康成が妻と市ヶ谷に到着した。喪服姿だったが、もちろん、三島のために着てきたのではない。偶然だった。

川端は、高名なノーベル賞作家にして文化勲章受章者である。記者たちがコメントを求めたが、この時点では沈黙した。

この時、川端が総監室で三島の遺体と対面したと報じられているが、それについて川端は十二月発売の「新潮」七一年一月号掲載のエッセイ『三島由紀夫』で否定している。

《私がそこで三島君の遺骸と対面したと、ある新聞に出ていたのはあやまりである。すでに警察のしらべがはじまっていて、総監室には近づけなかった。二階のその部屋に行く階段に立っていたところを、やや離れた事務室へみちびかれた。そこで若い女の事務員が茶を汲んで来てくれたのは、じつに思いがけなかった。》

自衛隊幹部らから説明を受けている間、川端はほとんど口をきかなかった。そんな川端を、その妻は涙ぐんで見ていた。

説明を聞いた後、川端は取り囲んだ記者に対し、

「ただ驚くばかりです。こんなことは想像もしなかった。私が三島夫妻の結婚式の仲人をしたのですが、奥さんにはまだ会っていません。もったいない死に方をしたものです」

と語った。

川端は、喪服のまま、自衛隊の裏門から出て、三島邸へ向かう。

川端康成は、市ヶ谷から南馬込の三島邸へ向かう車中をこう回想する。

《その夕暮れの町の道に見る、いつもと変りない人々の動きも、私にはふしぎなようであった。》

川端が着いて間もなくして、石原慎太郎も到着した。

石原は、市ヶ谷の自衛隊駐屯地の正面玄関に着いた時の自衛隊の、「雑然とした光景」を、四半世紀後も鮮やかに記憶しているとして、次のように書く。

《たった今ああした事件が起こったばかりなのに、あるいはそのせいなのか、兵隊たちはそこら中でてんでんばらばらに暇つぶしをしてい、ある者たちは輪になってバレーボールをしてい、ある者たちはむきだしの地面の上で銃剣術の練習をしてい、ある者たちはただしゃがんで煙草を吸っていた。》

こうした光景がいつものことなのか、思いもかけぬ大事件の興奮の後だからなのか、石原には分からなかった。彼がよく分かったのは、《ともかくも命を懸けた三島氏の行動に結局誰一人応える者はなく、氏のあの絶叫の呼び掛けが全くの徒労に終わったということのいわれ》だった。

このバレーボールについては「サンデー毎日」の徳岡も激しい違和感を抱いたためか、しっかりと、記憶している。

石原を出迎えた自衛隊員が「状況を見たいのならば、案内しましょう」と言った。

検視が終わるまでは刑事ですら現場には入れないはずだが、自衛隊は、かなり緩んでいる。

あるいは、石原が国会議員だから、特別の便宜を図ろうとしたのであろうか。

石原は、国会議員という《公職の身分を笠にそんな現場にまで乗り込むことを遠慮して踵を返した。》すると、その自衛隊員は、

「たった今川端康成氏がやって来て現場を眺めていきました」と言った。だから、あなたも遠慮することはないという意味だろう。

《そう聞いてまた迷ったが、三島氏と縁の深かった川端氏がその最期の場を見届けているなら、私ごときが立ち入らなくとも、三島氏も納得なり満足することだろうと思った。》

石原は、現場のすぐ近くまで来ていながら、結局、三島の遺体とは対面しなかった。

川端が三島の遺体と対面したというのは誤報なのだが、石原はずっとそれを信じているようだ。川端は三島の遺体を見てからおかしくなり、それが二年後の自殺につながったのではないかと、石原は推測している。

総監室へ通じる廊下の中ほどで、石原が「唖然と佇む」のが、鑑識課員に目撃されている。

その鑑識課員は石原のことを、「ひとり、ぼうっと立っているんだよ。総監室に入ることもで

きずに、そこにぽつんと立っていることしかできなかったんだろう」と語っている。まるで石原が臆病で入らなかったような言い方だが、その心情は当人にしか分からないものだ。

石原が門に戻ると、先ほどの自衛隊員が石原の本を持って待っており、サインを求めた。石原は立ったまま、本の扉にサインをし、

「あなたはさっきの三島由紀夫の演説を下から聞いたの」と尋ねた。

その自衛隊員は、外出していたので聞けなかったという。

《それにしても周りは依然として、誰がどこから命令しなおして彼等を統率し直すのだろうかと不安になるほど雑然としたたままだった》と、石原の目には映った。

出口近くで、石原はどこかの記者に呼び止められ、この事件をどう思うかと質問されると、

「これは、現代の狂気です。そうとしか私にはいいようありません」とだけ、答えた。

翌日の毎日新聞には、石原の次のようなコメントが載っている。

「友人を失ったことにとまどいと愛惜を感じる」

そして、三島との対談で「命をかけて守るべきものは何か」とのテーマとなり、対立したが、絶対的価値についての違いはそうなかったと語る。

《とにかくだれにでもできるが、しかしだれにもできない行為に出たことに非常な衝撃を受けている。》

そして、かつて石原が選挙に立候補した際、文学的政治、美学的政治はないと三島が言ったとして、こう書く。

《彼の場合、ある意味で、あれがどんなに美的存在論的行為であれ、社会的、政治的、国家的意味を持つわけで、それが彼がいっていたこととどう結びつくのか、彼のためにも自分のためにも考えてみたい。》

## 大日本印刷

村松友視は他の編集部員と共に、大日本印刷の出張校正室に籠った。

そこに、組み上がったゲラが運ばれ、編集者が校正していくのだ。新たに編集部に加わった安原顯《やすはらけん》も含めて四人で、仕事をしていた。誰かがトランジスタラジオを持って来ていたので、全員がそれに聴き入り、仕事が手につかない状況だった。

《それでも仕事を進めなければと、〔武田泰淳の〕「富士」のゲラの読み合せをやったとき、私は軀の芯をしごかれるような戦慄《せんりつ》をおぼえた。

登場人物の中で、三島由紀夫を想起させる一条実見が、本物の宮様の目の前で服毒自殺を計るという挙に出るシーンを、私は何度も反芻《はんすう》した。原稿を受け取ったとき、私は何かの事情で別の者に入稿してもらったので、そのくだりを読んでいなかった。だが、一条実見が自殺行為

に出る部分のゲラを、三島由紀夫が割腹自殺を遂げた日に読むとは、いったいどういう偶然なのだろう。》

村松は仕事を進めながら、「これは、やばいな……」と心の中で呟いた。原稿を受け取ったのは十一月二十日なので、事件の前である。しかし、この原稿が掲載される「海」が発売されるのは十二月七日の予定だった。当然、新聞や雑誌がこの事件でもちきりのところに、三島をモデルにしたかのような登場人物が服毒自殺をする小説が発表されれば、誰もが三島事件を模して書いたと思うのではないか。この原稿が二十日には完成していたと知っているのは、村松をはじめとする「海」編集部と印刷会社の人間だけなのだ。同業者であれば、逆算して、事件前だと察するかもしれないが、一般の読者はそうは思わないだろう。

だが――村松は考え直す。こんなことを気にするのは、「武田泰淳の文学の力をなめていることになる」と。それでも、この日時の因果関係を、しっかりと覚えておこうと決心した。

村松は、作家としてデビューした後、この三島事件に関するエピソードを含めた編集者時代のことを『夢の始末書』と題して書き、その五百枚の作品は角川書店の雑誌「野性時代」一九八四年六月号に一挙掲載され、八月に単行本となる。担当したのは見城徹だった。

大日本印刷では、総会屋系左翼雑誌（当時はこのようなものがあった）「流動」も、十二月発売の七一年一月号の出張校正の最中だった。その編集後記にはその時の編集部員の様子がこう書かれている。

《正午の第一報をきいて初めて口から出た言葉——。

〝敵に逆転勝ちをくらった形だ〟——クラクラしながら第一報。

〝アワテルマイ、アワテルマイと思いながら、どうもアワテそうだ〟肉ばなれでビッコを引いている広瀬。〝戦後のインテリは自決などしないと思った〟——思索型の小口。

佐藤は珍らしくしょんぼり。黙々と校正に励んでいたのが、服部と松田。みんな、それぞれ理由なく不気《(ママ)》嫌になった。》

事件を受けて、この号には、文芸評論家の松原新一による「三島由紀夫における行動と死」が掲載されている。

## 防衛大学校

防衛大学校は神奈川県横須賀市にある。当時の校長は、政治学者の猪木正道だった。

後に航空幕僚長となり、政府見解と異なる内容の論文を書いたために更迭《こうてつ》され、一躍有名になる田母神《たもがみ》俊雄《としお》はこの時、防衛大学校の四年生だった。二十二歳。彼自身が説明するには、「フィールドホッケーにのめり込んでいた体育会系」であった。

午前の訓練を終えて、学生舎に戻った時、田母神は事件を知る。しばらくして、全校生徒が集められ、猪木校長の訓話があった。

その訓話の趣旨を、田母神は、三十九年後に書く本で、こうまとめた。

《暴力は絶対許せない。今後、メディアで様々な議論が展開され、諸君も新聞記者などの接触を受ける場合があるやもしれないが、そうしたことに惑わされることなく、今まで通り、座学、訓練に励んで欲しい。》

田母神は、この訓話や中曽根防衛庁長官の三島への批判を、《「そりゃそうだろう」とストンと得心した記憶がある》と記し、《その得心は今でも変わらない》とする。

三島の思いは、防衛大学校の学生にも届かなかった。

田母神は「ノンポリの体育会系でしたから、思想的に感度が鈍かった」とも、説明する。

そして、三島をこう批判する。

《実際、あの事件では、彼らを排除しようとした自衛隊員が、日本刀などで切りつけられ8人も重軽傷を負っている。自衛隊は被害者であり、同じ自衛官として、三島氏の行動に共感も同情も湧かないのは当然である。》

三島に共感しないという点で、防衛庁・自衛隊は、トップの中曽根康弘から防衛大学校の学生にいたるまで、一致していた。

### 法政大学

この日、午後一時から、元総評（日本労働組合総評議会）議長太田薫は、法政大学経済学部兼任講師として、教壇に立っていた。講義のテーマは「日本の労働問題」だった。

一九六〇年代の労働運動を指導した太田は、この年、五十八歳。彼の威勢のいい発言は「太田ラッパ」と呼ばれ、親しまれていた。春闘という方式を生み出したのも、太田の時代の総評だった。当時の「左」を代表する人物のひとりだ。

十月一日に講師の辞令は出ていたが、大学はロックアウトが続いていたため、二カ月近く経っていたこの日が最初の講義となった。

三百人の学生が集まった。野次馬も多く含まれ、廊下にまで溢れた。

太田は「太田です」とだけ自己紹介をし、いきなり、講義に入った。

大学に向かう車中のラジオで、太田は事件について知っていたが、労働問題にはなんら関係ないと判断し、雑談としても、一言も触れなかった。

### 日劇

丸山（美輪）明宏は、この日、日劇ダンシングチームの公演「秋の踊り」に客演していた。

この年、三十五歳。

三島は一週間前の十八日に楽屋へやって来て、

「君はきれいだ、きれいだ、なんて、君が聞きあきたことを言いたくないから、楽屋にはもう来ないよ」と笑いながら言って帰った。これが、丸山が聞いた最後の三島の言葉だった。

事件は、楽屋にかかってきた電話で知った。当時、丸山の仕事を手伝っていた赤木圭一郎の妹からだった。赤木は日活の俳優で丸山の「恋人」だったが、一九六一年に交通事故死した。

電話をかけてきた赤木の妹は、

「大変です。三島さんが……」と言って、しばらく沈黙の後、告げた。

「切腹自殺したんです」

丸山は怒った。

「何言っているの！　本番前にそんな質《たち》の悪い冗談はやめてよ」

「テレビをつけて下さい」

と言われ、丸山は楽屋にあったテレビをつけた。画面には、自衛隊の市ヶ谷駐屯地が映し出されていた。

《見ているうちに、やっぱり、ああ、とうとう……という気がしてきましたね。》

事件直後の「週刊現代」の座談会で丸山は、スピリチュアルに傾倒していることを示している。

《ぼくは、実は去年〔一九六九年〕、予言していたんです、一九七〇年には三島先生が死ぬかも知れないって。みんな気をつけろ、なんていってたんです。

今年〔一九七〇年〕のお正月にも、先生にはつきものがついてて、ふりまわされてる、偉いお坊さんを呼んでとってもらったほうがいい、なんていうことを話してたんです。先生は笑ってらっしゃるし、奥さんも、いま死なれたら収拾がつかないわ、困るわって笑ってらしたけれど、先生も『英霊の声』を書いたときは、霊がついてるのを感じたとはおっしゃってましたね。》

二〇〇八年に出た丸山の評伝『オーラの素顔　美輪明宏のいきかた』（豊田正義著）は、彼へのインタビューをもとにしているものだが、そこでは一九七〇年十一月二十五日をこう振り返っている。

《即座に『あ、あの霊にやられた！』と地団駄を踏みました。自分が力になれなかったことが悔しくて仕方ありませんでした。でも同時に、『三島さん、おめでとう』という気持ちも湧き上がってきたんです。自分の美学に合った死に方を三島さんが選んだ結果なのであれば、私個人はいくら悲しくても、十九年間の親交があった三島さんに『おめでとう』という言葉をかけてあげたいと思ったのです。》

丸山と三島が初めて会ったのは、一九五一年だった。丸山は十六歳で、長崎から上京して国《くに》立《たち》音楽大学附属高校に通いながら、銀座のゲイ喫茶（当時、こういうものがあった）でボーイのアルバイトをしていた。三島はその店の常連だったのだ。三島はちょうど十歳上だった。

三島は、丸山がその店でシャンソンを歌うのを聴いて、その才能に惚れ込んだ。そして、丸山によると、「精神と精神で結ばれた親交」を十九年にわたり続けたのだ。

三島と丸山のコラボレーションとしては、『黒蜥蜴』がある。

三島の死を知ってから、五分後、開幕を知らせるベルが鳴った。丸山はステージへ向かう。

彼が「美輪明宏」と改名するのは翌年のことだ。

### 篠山紀信

市ヶ谷の自衛隊に行ってはみたものの、何もできなかった詩人の高橋睦郎は、写真家篠山紀信の六本木の事務所へ向かった。

途中で電話をすると。篠山は、

「終わったよ」

と言った。今日の仕事が終わったという意味なのか、三島との全てが終わったという意味なのか。

篠山紀信はこの年、三十歳（十二月生まれなので、この日はまだ二十九歳）。日本大学芸術学部写真学科在学中から注目され、卒業後は、広告制作会社ライトパブリシティで広告写真を撮りながら、カメラ雑誌などに作品を発表、六八年に退社してフリーとなっていた。

三島と篠山は、記録に残っている限りでは、一九六八年秋から仕事での関係が始まっている。九月に出た雑誌「男子専科」の篠山が撮ったグラビアに三島が文章を添え、十月に出た三島の『太陽と鐵』のカバー写真を篠山が撮った。十一月に発行された写真集『篠山紀信と28人のおんなたち』には、三島による「篠山紀信論」が収載されている。

こうした関係を経て、「男の死」のプロジェクトが七〇年九月から始まり、十一月十七日に三島の撮影は終わっていた。

高橋は篠山の事務所に着いた。しかし二人は、

《ただ向かいあっているだけで、ほとんど何も話さなかったのではないでしょうか。》

高橋はその後、横尾を迎えに行き、三島邸へと向かう。篠山も同行したと思われる。

## 天井桟敷

寺山修司率いる「天井桟敷」は、十一月二十日から、街そのものを劇場とする「市街劇」の『人力飛行機ソロモン・東京』を新宿及び高田馬場で上演していた。その演出家の竹永茂生《もせい》は、

「現代詩手帖」一九七四年三月号に掲載された寺山修司論のなかで、このように書いている。

《一九七〇年秋、「人力飛行機ソロモン・東京」の楽日翌日、正午を少し回った頃、私は一通の電話で「宴のあと」の午睡を破られた。電話は寺山さんからで、「三島さんが腹を切ったよ……」という極めて無性格な第一声から、延々二時間半に及んだ。》

竹永はこの年、二十二歳。早稲田大学在学中から「天井桟敷」で演出家としてデビューしていた。

竹永は寺山の「天井桟敷」と三島の「楯の会」の双方からほぼ同時期に誘われ、「天井桟敷」を選んだという経緯があった。それゆえ、この事件はショックだった。

二〇〇九年十一月二十五日、竹永は自らのブログにもう少し詳しく書く。それによると、『人力飛行機ソロモン』の仕事から二十四日の夜に解放されると、そのまま劇団の事務所で熟睡した。そして、寺山の妻の九条今日子（別名・映子）に起こされる。九条は「大変よ、三島さんが」と言うだけで、寺山からだという受話器を渡した。

《「いい、落ち着いて聞いてよ。三島さんが、どうやら自衛隊に突入して割腹したらしい」

寺山の声は低く落ち着いていて、囁くような声だった。

「いまそちらに行くから、早まったことはしないように。いますぐタクシーで行くから」

寺山から第一報を聞いた九条さんは（その頃どこが住まいだったのだろう）車で劇団に駆け

つけると、寺山の指示どおり「劇団の台所の包丁という包丁をすぐに隠して」、それから寺山に電話してその完了を告げ、自分を起こしにかかったのだった、もちろん後で知ったことだが。二人がそれをあながち冗談とも思わないほどに、三島さんは自分に憑依していた。》

竹永は、なぜか渋谷駅へ行ってみる。号外が出ているのではないか、それを見れば、事実なのか虚報なのかが分かるのではないかと思ったらしい。

渋谷駅警察署前の歩道橋で、気楽そうな二人の中年男とすれ違った。男たちは、「ミシマ トシオが切腹したらしいな」「ハワイアンの歌手の?」「いやーよく知らねーけど」「ハワイアン歌手の切腹というのもなんかオカシイよな」などと言いながら歩いていた。

駅では号外が配られていた。

一九九四年発行のエッセイ『あの頃の君。』には、竹永はこう書いている。

《七〇年晩秋、三島さんが自決して僕は口をつぐんだ。》

## 東京大学本郷キャンパス

後にフランス文学者、エッセイストになる鹿島茂は東京大学文学部仏文科の三年生だった。

その日、彼は清水徹のフランス文学の講義を受けていた。

講義の最後に、清水が「三島由紀夫が市ヶ谷の自衛隊に乱入して」と言った。

鹿島は「ああ、やっぱりやったか」と思った。そこまでは普通のリアクションだった。だが、少しの間の後、清水が「割腹自殺しました」と続けると、鹿島は「嘘だろう」と一気に動転した。

鹿島は大急ぎで、大学生協のテレビを見に行った。そこはもう黒山の人だかりだった。とても見ることができないと判断し、鹿島は歩いて御茶ノ水駅へ向かった。新聞の号外が出ていた。

《その日の夕方の空の色や東大構内の様子を今でも鮮明に思い出すことができます。それほどまでに、三島さんの自殺は僕にとっても強烈な出来事でした。》

一方、法学部の四年生は講堂で卒業アルバムのための写真撮影をしていた。

そこでテレビを見て、事件を知った学生は二十九年後にこう書いている。

《とんでもないことをやったなと思った。右翼的作家の思い上がりだと感じた。楯の会の活動についても、マッチョ過ぎると感じていたので、これは賛成できないと思った。文学者が政治活動に走るとこうなるのかと、文学と政治の問題を真剣に考えたことを記憶している。》

後に東京大学教養学部助教授、評論家を経て、参議院議員、厚生労働大臣になる舛添《ますぞえ》要一《よういち》、二十二歳になる四日前のことだった。

## 四谷

後に関川夏央《なつお》という名で作家、評論家になるその青年は、この日が二十一歳の誕生日だった。当時の関川は上智大学の学生で、この日もキャンパスのある四谷にいた。

《午後二時頃、三島由紀夫が何かやったらしいという声がどこからか聞こえてきた。》

関川に言わせると、当時、三島由紀夫は「高校生の必読書」だったので、彼もよく読んでいた。

二時半になって、彼が四谷駅に夕刊を買いに行くと、夕刊は届けられるそばから売れていた。版がかわるたびに、同じ人が買いに来た。彼もそうした。

そして、数日後に三島事件を特集した週刊誌が出るともっと売れたと彼は書く。

《たしかに事件は謎だった。しかし、自分にもなんらかの関係のある謎だろうと思っていた。他の多くの人々もおなじ思いを抱き、だからこそ新聞も週刊誌もあれほどまでに買われたのである。》

## ＩＣＵのキャンパスのラウンジ

二十一歳になる「僕」と「彼女」は、ＩＣＵ（国際基督教大学）のキャンパスのラウンジで、ホットドッグをかじっていた。

《一九七〇年十一月二十五日のあの奇妙な午後を、僕は今でもはっきりと覚えている》と、「僕」は回想する。

《その時僕は二十一歳で、あと何週間かのうちに二十二になろうとしていた。》

「僕」は大学生で、東京都三鷹市のはずれにあるアパートに住んでいた。ＩＣＵのキャンパスはこの三鷹市にある。しかし、「僕」はＩＣＵの学生ではないようだ。「僕」の大学は《閉鎖とロックアウトをくりかえしていた》とあるだけで、大学名は明らかにされない。《当分のあいだ大学を卒業できる見込みはなく、かといって大学をやめるだけの確たる理由もなかった》という、《奇妙に絡みあった絶望的な状況》に、「僕」はいた。

この年の秋から翌年の春にかけて「僕」は、「彼女」が毎週火曜の夜に「僕」のアパートに来て、《僕の作る簡単な夕食を食べ、灰皿をいっぱいにし、ＦＥＮのロック番組を大音量で聴きながらセックス》をするという生活を送っていた。翌日の朝になると、雑木林を散歩しながらＩＣＵのキャンパスまで歩き、食堂で昼食を食べ、午後にはラウンジに行く。これを「彼女」は、「水曜日のピクニック」と呼んでいた。

十一月二十五日も、そんな水曜日のピクニックをしていて、「僕」と「彼女」はラウンジにいたわけだ。「僕」はこう回想する。

《午後の二時で、ラウンジのテレビには三島由紀夫の姿が何度も何度も繰り返し映し出されていた。ヴォリュームが故障していたせいで、音声は殆んど聞きとれなかったが、どちらにしてもそれは我々にとってはどうでもいいことだった。》

二人はホットドッグを食べて、もう一杯ずつコーヒーを飲んだ、一人の学生がテレビのヴォリュームのつまみをいじくっていたが、やがて諦めて、どこかに行ってしまった。僕は「君が欲しいな」と言った。彼女は「いいわよ」と微笑み、二人はアパートへ歩いていった。

その夜、正確には翌日の午前二時、「僕」が目覚めると、「彼女」は泣いていた。いくつかのやりとりがあった後、彼女は「二十五まで生きるの。そして死ぬの」と言った。

「彼女」は、一九七八年七月に二十六で死んだそうだ。

「彼女」の名は記されていない。「僕」は、「忘れてしまった」。「昔、あるところに、誰とでも寝る女の子がいた。それが彼女の名前だ」と書かれている。

「僕」と「彼女」は、実在の人物ではない。これは、村上春樹の『羊をめぐる冒険』の最初の章に書かれているエピソードだ。この作品は、『風の歌を聴け』『1973年のピンボール』につづく、村上の三作目の長編にあたる。「群像」一九八二年八月号に掲載された後、十月に講談社から単行本として出版された。一九八二年当時の村上は、『ノルウェイの森』でベストセラー作家となる以前、まだ新進作家の段階だった。小説好きの間では新しい感覚の文体の作家だと注目されていたが、一般的知名度はまだ低い。当時は「作家の村上」といえば「村上龍」

であり、「春樹」といえば「角川春樹」のほうが有名だった。

この小説を書いていた時期にあたる一九八一年秋のインタビュー（「宝島」一九八一年十一月号）で村上は、「三島由紀夫が死んだときは大学ですね。読みませんでしたか？」との質問に、こう答えている。

《ええ、読まないし、わかんないですね。でも、今度の三作目の小説は、三島由紀夫の死から始まるんです。１９７０年11月25日から。アメリカの雑誌なんか読んでると、友達と話できないんですよね。みんな吉本隆明とかね。（笑）あとはジョルジュ・バタイユとか、ジャン・ジュネとかね。あとは大江健三郎とかあのへんがはやりでしょ。》

村上は三島には関心がないようだが、作家の言うことを信用してはいけない。作家とは嘘をつくことを職業としているのだ。

一人称で書かれている小説の「僕」が、そのまま作者のことだと思うのは、間違いだ。こんなことは常識である。しかし、一応確認しておけば、作中の「僕」は、この十一月二十五日の数週間後に二十二歳になるわけだから、一九四八年十二月か四九年一月の生まれと推測でき、物語をもう少し読み進むと、十二月二十四日が誕生日だと分かる。村上はというと、一九四九年一月十二日が誕生日なので、年齢的には「僕」とほぼ同じだ。

はたして、あの日、ＩＣＵのラウンジに村上がいたのかどうかは、そこにあったとされるテレビのヴォリュームが壊れていたのかどうかも含め、分からない。

## 池袋、西武百貨店

堤清二は自分の店である、池袋の西武百貨店に着いた。
《百貨店はいつものように買い物客で賑わっていた》と堤は記す。
社長として稟議書に承認の判を押しながら、堤はふと、楯の会の制服のことを思い出した。
三島とは文学者同士の友人関係が続いていたが、三島が楯の会を結成するにあたり、その制服を西武百貨店が受注していたのだ。

堤は担当の紳士服の部長を呼んだ。部長は、「先月末に制服は納品しており、一週間前に全額が払い込まれています」と説明した。

三島がこの世のことを全て済ませていたことを、堤は知った。

その後、堤は売り場を歩いた。いつもの日より静かなような気がしたが、客足は前の週と同じだったという。

ただ、池袋駅のホームに面して取り付けてあったテレビの前には、
《実にたくさんの男女が立ち止まって画面を眺めていた。》

## 京都

京都に滞在していた奥野健男は、当初の予定通り、栂尾や高山寺の紅葉を見物し、川端康成の『古都』の舞台となった北山杉を見て、帰京するため、京都駅へ向かった。

その個人タクシーの運転手は古風な人だったのか、ラジオをつけなかった。五条大橋あたりで、号外らしいビラに大勢の人が群がっているのが見えたが、タクシーの中の奥野には、その見出しまでは見えなかった。

奥野は午後三時発の新幹線ひかり号のグリーン車に乗り、東京へ向かった。前夜、遅くまで飲み歩いたこともあってか、車中では、ぐっすりと眠っていた。

## 三島邸

三島邸に女優の村松英子が駆け付けると、玄関を入ってすぐのところに、三島の妻、平岡瑤子が二人の子どもと一緒にいた。英子と瑤子は、言葉もなく見つめ合うだけだった。やがて瑤子は、二人の子を二階へ連れて行った。

《階段を上って行く、華奢な瑤子夫人と、幼い子どもたちの後ろ姿を見て、初めて私は嗚咽《おえつ》がこみあげました。「私は微力だけれど、この母子お三方をまもるためには何でもしよう」と心に誓ったのです。》

## 東京、山手線

姫井伸子は結婚を三日後に控えていた。彼女は二十五歳。就職はしていない。実家は岡山だが、大学が東京だったので、以後はずっと東京にいた。

この日は、女友達と上野の国立博物館にお茶道具関連の展覧会を見に行った。

その帰りの電車の中で、近くの乗客が興奮して話していた。

《別に聞き耳を立てたわけではありませんが、「三島由紀夫が自衛隊に乗り込んだ」とか「割腹自殺した」とか言っているではありませんか。これは大変だと思いました。》

そのまま、その女友達と三鷹市にある婚約者の家に行き、夕食をとった。婚約者はなかなか帰って来なかったが、その母と、

《当然、三島由紀夫の話題になって、「こんな大変な事件が起きたのだから、結婚なんかしている場合じゃない」などという話になって、盛り上がりました。》

と、四十年後に彼女はこう回想する。

結婚どころではないという話になったが、彼女も、そして婚約者も、

《三島由紀夫の家とは親戚でも何でもないし、知っている人が楯の会に入っていたわけでもありません。彼の小説は『金閣寺』は読んでいましたが、「全部読みました」というほど愛読し

ていたわけではありません。だけれど、とてもショックでした。》

その理由のひとつは、三島の映画『憂国』を婚約者と観ていたからかもしれないという。

その晩は大騒ぎとなったが、彼女は予定通り、二十八日に結婚した。

その相手は、一歳下のいとこだった。彼はこの年の三月に東京工業大学を卒業し、弁理士を目指しながら、特許事務所で働いていた。

その青年の名は、菅直人——四十年後の内閣総理大臣である。

### 三島邸前、横尾忠則

横尾忠則は、高橋睦郎と共に（おそらく、篠山紀信も）タクシーで三島邸に向かった。

《まさかと思う三島さんの死にぼくは足の不自由な身も忘れて、取るものもとりあえずタクシーで三島邸に向かった。大勢の報道陣の中、足を引きずって歩いた。家の中で立つことさえ、容易ではなかった足で、歩いている自分に、ぼくは驚いた。》

通りから、三島邸の前までには報道陣が詰めかけていた。横尾は「おんぶしてやろうか」との高橋の好意を断り、高橋の肩にすがりながら、足をひきずって、三島邸の門の前まで辿り着いた。しかし、中には入れなかった。

この日を境に、横尾は歩けるようになる。三島の「俺が治してやる」という言葉が現実のものとなったのだ。

　そしてこの日、横尾は「インドへ行こう」と決意する。

　三日前、横尾は特に用事があったわけではないが、三島の家に電話し、彼が不在だったので、瑤子夫人ととりとめもない話をしていると、三島が帰宅した。

　三島は細江英公が三島を撮った写真集『新輯・薔薇刑』の横尾の装幀と、中の絵について、

「あの絵は非常に気に入っている。よく俺を理解してくれた」

　と言い、横尾が黙っていると、

「あの絵は俺の涅槃《ねはん》像だろう」と言った。

「ヒンズーの神々と俺の涅槃像を結びつけてくれたところが一番気に入っている。とにかく、君はいつインドへ行ってもいいようだ」

　三島のこの言葉が横尾の頭に残った。

《そしてそれ以後、インドはぼくの中でのっぴきならぬ存在となり、その位置を次第に確保しつつあった。》

　こうして、横尾の創作活動の主軸にインドが存在することになる。

### 唐沢俊一

サブカルチャーの評論家となる唐沢俊一は、この年、十二歳。小学生である。

《私（唐沢）は三島自殺の報を、弟の入院先の病院のロビーで聞いた。弟は急性虫垂炎で入院し、手術をしたばかりであった。私の弟と三島は、奇しくも同じ日に腹を切ったわけである。》

と、この日のことを語る。弟はマンガ家になる唐沢なをきだ。

唐沢が弟の入院する病院のロビーでこの時読んでいたのは、「少年マガジン」だった。そこに掲載されているジョージ秋山の『アシュラ』について、

《平安朝（らしき）時代の飢饉《ききん》の中で生まれた子供・アシュラが、他人を殺し、時にはその肉を食らって生き延びていく凄惨《せいさん》きわまる物語であり、あまりの残酷描写に掲載誌が回収される騒ぎまで起こった作品であった。

それは、うわべの繁栄に踊る日本と日本人に対する、作者の徹底した批判のまなざしが生み出した作品だった。小学校5年生であった私はふと、この作品と三島の自殺のあいだには、共通点があるのではないか、と感じた。それはあながち外れてもいなかったようだ。》

と書いている。

三島もまた「少年マガジン」を愛読していた。なかでも、高森朝雄（梶原一騎）とちばてつやの『あしたのジョー』のファンだった。ある時など、三島は買い損なってしまい、どの店でも

売り切れていたので、深夜に講談社の少年マガジン編集部にやって来て、売ってくれないかと頼んだことがあるほどだった。

しかし、この頃、『あしたのジョー』はちばてつやが体調を崩したため休載していた。もし三島に心残りがあったとしたら、この劇画の完結を見届けられなかったことも、そのひとつであろう。

## 虫プロダクション　アニメーター養成所

『機動戦士ガンダム』のキャラクターデザインと、その漫画化作品の作者となる安彦《やすひこ》良和《よしかず》は、アニメ界に入ったばかりだった。安彦は団塊の世代で、弘前《ひろさき》大学に入学したが、学生運動を理由に除籍処分となり、上京して手塚治虫の虫プロダクションのアニメーター養成所にこの年の九月に入った。この年、二十三歳になるが、十二月生まれなのでこの日はまだ二十二歳。

安彦の説明によると、年内いっぱいが養成期間で、虫プロが借りたオンボロの一軒家に十人の同期生が詰め込まれ、ミッキーマウスのようなキャラクターの模写、卵に絵を描いて転がすとどうなるかといったアニメーションの基礎を叩き込まれていた。

「もう二十二歳なのに、こんなことをやっていていいのだろうか」と彼は思っていた。

松本健一との対談で、安彦はこの日をこう回想する。そのボロ家にはテレビなどなかったので、安彦らは何もニュースを知らないまま、午後を迎えていた。

《事件を知ったのは、僕を虫プロに入れてくれた口の悪い教官がいたんですが、その人がいきなりボロ家に入ってきて、「おい、あいつはやっぱり気違いだったぞ」と言うんです。何のことやらと思って聞いたら、「三島が市ヶ谷で腹を切った」と言うわけです。》

安彦はその「気違いだった」という言い方をよく覚えていると語る。違和感があったからだ。

その夜、安彦はアニメ研修所の同期生と共に、三島はなぜ死んだのかを語り合った。そのなかには、早稲田の院生だった者もいた。

安彦は、松本との対談で、当時三十歳くらいだった教官と、安彦たち二十二歳か二十三歳の若者との間では、ギャップがあったと語る。

研修生のなかには三島を「気違いだ」などと言う者はなく、むしろ教官の「あの言い方は、ちょっとないよな」というノリだったと説明する。

当時の三島について安彦は、映画や写真集を作るなど話題に事欠かない人物であり、いったい何を考えているのか分からないが、若者受けはしていたと分析している。《ある種若者のヒーローでもあったと思います》と。

しかし、安彦自身は《基本的に左翼学生くずれ》だったので、三島作品はほとんど読んでいなかった。三島と自分とは対極にあると考えていた。三島は生まれながらのブルジョワで、東大を出たインテリであり、教養主義的な小説を書きながら、ボディビルをしたり自衛隊に入ったり、《非常に戯画的な人でもあるわけで、だからある種遠ざけたいという気持ちや笑ってやりたい気持ちがあったんです。》

事件直後、人々が三島の本を先を争うようにして読む時期があった。安彦も手が伸びかけた。しかし、彼は結局、読まなかった。

《三島由紀夫という一人の芸術家がエロスと死と美を見つめ、自分の老いていく肉体ということも含めて見つめて、どこに恣意的にエンドマークを打つかということを考え抜いた挙句、こしかないということで取られた限りなく個人的な行動だろうと思っていて、それを共有することはないと僕は考えたんです。》

# 檄

楯の会隊長
三島由紀夫

　われわれ楯《たて》の会は、自衛隊によつて育てられ、いはば自衛隊はわれわれの父でもあり、兄でもある。その恩義に報いるに、このやうな忘恩的行為に出たのは何故であるか。かへりみれば、私は四年、学生は三年、隊内で準自衛官としての待遇を受け、一片の打算もない教育を受け、又われわれも心から自衛隊を愛し、もはや隊の柵外の日本にはない「真の日本」をここに夢み、ここでこそ終戦後つひに知らなかつた男の涙を知つた。ここで流したわれわれの汗は純一であり、憂国の精神を相共にする同志として共に富士の原野を馳駆《ちく》した。このことには一点の疑ひもない。われわれにとつて自衛隊は故郷であり、生ぬるい現代日本で凜烈《りんれつ》の気を呼吸できる唯一の場所であつた。教官、助教諸氏から受けた愛情は測り知れない。しかもなほ、敢《あへ》てこの挙に出たのは何故であるか。たとへ強弁と云はれようとも、自衛隊を愛するが故であると私は断言する。

　われわれは戦後の日本が、経済的繁栄にうつつを抜かし、国の大本《おほもと》を忘れ、国民精神を失ひ、本を正さずして末に走り、その場しのぎと偽善に陥り、自ら魂の空白状態へ落ち込んでゆくのを見た。政治は矛盾の糊塗、自己の保身、権力慾、偽善にのみ捧げられ、国家百年の大計は外国に委《ゆだ》ね、敗戦の汚辱は払拭されずにただごまかされ、日本人自ら日本の歴史と伝統を瀆《けが》してゆくのを、歯嚙みをしながら見てゐなければならなかつた。われわれは今や自衛隊にのみ、真の日本、真の日本人、真の武士の魂が残されてゐるのを夢みた。しかも法理論的には、自衛隊は違憲であることは明白であり、国の根本問題である防衛が、御都合主義の法的解釈によつてごまかされ、軍の名を用ひない軍として、日本人の魂の腐敗、道義の頽廃《たいはい》の根本原因をなして来てゐるのを見た。もつとも名誉を重んずべき軍が、もつとも悪質の欺瞞の下に放置されて来たのである。自衛隊は敗戦後の国家の不名誉な十字架を負ひつづけて来た。自衛隊は国軍たりえず、建軍の本義を与へられず、警察の物理的に巨大なものとしての地位しか与へられず、その忠誠の対象も明確にされなかつた。われわれは戦後のあまりに永い日本の眠りに憤つた。自衛隊が目ざめる時こそ、日本が目ざめる時だと信じた。自衛隊が自ら目ざめることなしに、この眠れる日本が目ざめることはないのを信じた。憲法改正によつて、自衛隊が建軍の本義に立ち、真の国軍となる日のために、国民として微力の限りを尽すこと以上に大いなる責務はない、と信じた。

　四年前、私はひとり志を抱いて自衛隊に入り、その翌年には楯の会を結成した。楯の会の根本理念は、ひとへに自衛隊が目ざめる時、自衛隊を国軍、名誉ある国軍とするために、命を捨てようといふ決心にあつた。憲法改正がもはや議会制度下ではむづかしければ、治安出動こそその唯一の好機であり、われわれは治安出動の前衛となつて命を捨て、国軍の礎石たらんとした。国体を守るのは軍隊であり、政体を守るのは警察である。政体を警察力を以て守りきれない段階に来て、はじめて軍隊の出動によつて国体が明らかになり、軍は建軍の本義を回復するであらう。日本の軍隊の建軍の本義とは、「天皇を中心とする日本の歴史・文化・伝統を守る」ことにしか存在しないのである。国のねぢ曲つた大本を正すといふ使命のため、われわれは少数乍《なが》ら訓練を受け、挺身しようとしてゐたのである。

　しかるに昨昭和四十四年十月二十一日に何が起つたか。総理訪米前の大詰ともいふべきこのデモは、圧倒的な警察力の下に不発に終つた。その状況を新宿で見て、私は、「これで憲法は変らない」と痛恨した。その日に何が起つたか。政府は極左勢力の限界を見極め、戒厳令にも等しい警察の規制に対する一般民衆の反応を見極め、敢て「憲法改正」といふ火中の栗を拾はずとも、事態を収拾しうる自信を得たのである。治安出動は不用になつた。政府は政体維持のためには、何ら憲法と抵触しない警察力だけで乗り切る自信を得、国の根本問題に対して頬つかぶりをつづける自信を得た。これで、左派勢力には憲法護持の飴玉《あめだま》をしやぶらせつづけ、名を捨てて実をとる方策を固め、自ら、護憲を標榜することの利点を得たのである。名を捨てて、実をとる！　政治家にとつてはそれでよからう。しかし自衛隊にとつては、致命傷であることに、政治家は気づかない筈はない。そこでふたたび、前にもまさる偽善と隠蔽、うれしがらせとごまかしがはじまつた。

　銘記せよ！　実はこの昭和四十四年十月二十一日といふ日は、自衛隊にとつては悲劇の日だつた。創立以来二十年に亘《わた》つて、憲法改正を待ちこがれてきた自衛隊にとつて、決定的にその希望が裏切られ、憲法改正は政治的プログラムから除外され、相共に議会主義政党を主張する自民党と共産党が、非議会主義的方法の可能性を晴れ晴れと払拭した日だつた。論理的に正に、この日を堺《（ママ）》にして、それまで憲法の私生児であつた自衛隊は、「護憲の軍隊」として認知されたのである。これ以上のパラドックスがあらうか。

われわれはこの日以後の自衛隊に一刻一刻注視した。われわれが夢みてゐたやうに、もし自衛隊に武士の魂が残つてゐるならば、どうしてこの事態を黙視しえよう。自らを否定するものを守るとは、何たる論理的矛盾であらう。男であれば、男の矜《ほこ》りがどうしてこれを容認しえよう。我慢に我慢を重ねても、守るべき最後の一線をこえれば、決然起《た》ち上るのが男であり武士である。われわれはひたすら耳をすました。しかし自衛隊のどこからも、「自らを否定する憲法を守れ」といふ屈辱的な命令に対する、男子の声はきこえては来なかつた。かくなる上は、自らの力を自覚して、国の論理の歪《ゆが》みを正すほかに道はないことがわかつてゐるのに、自衛隊は声を奪はれたカナリヤのやうに黙つたままだつた。

われわれは悲しみ、怒り、つひには憤激した。諸官は任務を与へられなければ何もできぬといふ。しかし諸官に与へられる任務は、悲しいかな、最終的には日本からは来ないのだ。シヴィリアン・コントロールが民主的軍隊の本姿である、といふ。しかし英米のシヴィリアン・コントロールは、軍政に関する財政上のコントロールである。日本のやうに人事権まで奪はれて去勢され、変節常なき政治家に操られ、党利党略に利用されることではない。

この上、政治家のうれしがらせに乗り、より深い自己欺瞞と自己冒瀆《ぼうとく》の道を歩まうとする自衛隊は魂が腐つたのか。武士の魂はどこへ行つたのだ。魂の死んだ巨大な武器庫になつて、どこへ行かうとするのか。繊維交渉に当つては自民党を売国奴呼ばはりした繊維業者もあつたのに、国家百年の大計にかかはる核停条約は、あたかもかつての五・五・三の不平等条約の再現であることが明らかであるにもかかはらず、抗議して腹を切るジェネラル一人、自衛隊からは出なかつた。

沖縄返還とは何か？　本土の防衛責任とは何か？　アメリカは真の日本の自主的軍隊が日本の国土を守ることを喜ばないのは自明である。あと二年の内に自主性を回復せねば、左派のいふ如く、自衛隊は永遠にアメリカの傭兵として終るであらう。

われわれは四年待つた。最後の一年は熱烈に待つた。もう待てぬ。自ら冒瀆する者を待つわけには行かぬ。しかしあと三十分、最後の三十分待たう。共に起つて義のために共に死ぬのだ。日本を日本の真姿に戻して、そこで死ぬのだ。生命尊重のみで、魂は死んでもよいのか。生命以上の価値なくして何の軍隊だ。今こそわれわれは生命尊重以上の価値の所在を諸君の目に見せてやる。それは自由でも民主主義でもない。日本だ。われわれの愛する歴史と伝統の国、日本だ。これを骨抜きにしてしまつた憲法に体をぶつけて死ぬ奴はゐないのか。もしゐれば、今からでも共に起ち、共に死なう。われわれは至純の魂を持つ諸君が、一個の男子、真の武士として蘇へることを熱望するあまり、この挙に出たのである。

――檄〈初出〉楯の会ちらし・昭和45年11月25日
「決定版三島由紀夫全集」第36巻、新潮社

# 第四章　続く余音

ほぼ全ての日本人が夕方までには、事件を知った。そして世界へも伝わった。

その日、映画館はガラガラだったという。テレビのニュースを見るために、多くの人は家路を急いだ。

あるいは、夜の街で親しい人々と、語り合った。

ひとりで、さまざまなことを考えた人々もいた。

## 中央線武蔵小金井駅

十五歳の吉川一郎は、この日、在籍していた都立高校を退学になった。
「暴力沙汰」がその理由だと、彼は後に書く。
《高校まで出向いて積み立てていた修学旅行かなにかのお金を返して貰っての帰途、駅のホームに三島割腹を告げる新聞（号外だったのだろうか）が散乱していたのを強く記憶している。以来、私にとって三島は小説家というよりもある種の芸能人にちかいニュアンスを感じさせる存在として意識に刻み込まれている。いうなればスターだ。三島はスターでありえた最後の小説家だろう。》
吉川一郎が「小説すばる」の新人賞を受賞するのが、十九年後の一九八九年。そして、一九九八年に彼は芥川賞を受賞する。花村萬月である。

その自伝的小説とされる『百万遍』の「青の時代」は、

《今日、三島が死んだ。》

という一文で始まる。

## 「平凡パンチ」編集部

椎根和は夕方になって、「an・an」編集部に出社した。それはいつものことで、この日が特に遅かったわけではない。雑誌の編集部は「フレックス・タイム」などという言葉のない時代から、これを実践していた。

椎根の顔を見ると、木滑が待ちかまえていたかのようにやって来て、

「差し替え用の三島の記事、すぐに作ってくれ」と言ったが、椎根の顔色を窺うとすぐに、

「やらないね」と言った。椎根は「当然ですよ、やってられませんよ」とだけ言った。それから古巣である「平凡パンチ」の編集部に向かった。

「平凡パンチ」編集部は大混乱状態だった。椎根と三島が親しいことを知っている編集長の安田富男が近づいて来て、「あれ、ヤマト、さそわれなかったのか。てっきり一緒に切腹したと思ったけど」と悪い冗談を言った。

さらに、「ミシマとホモ関係だったんだろう」と安田は続けた。椎根は怒って、「そんな関係

じゃないですよ」と言った。安田は、「じゃあ、殉死でもするんだね」と言った。
「an・an」は十二月二十日発売の新年号の巻末に「追悼　三島由紀夫」とし、澁澤龍彦と岸田衿子《えりこ》の文章を載せる。

## 香港、村松剛

フランス文学者で評論家でもあり、三島の友人でもあった村松剛は、この日、香港にいた。この年、四十一歳。女優村松英子の兄だ。

村松は経済団体主催の洋上研修の講師を依頼され、二十一日に日本を出発していた。使用していたのがソ連船だったこともあり、外部の情報が一切入らず、村松が事件を知ったのは、夕方になってからだった。現地で午後四時、日本時間では午後五時だった。

香港埠頭に接岸すると、至急下船してほしいとの連絡があったので、何事だろうと思いながら下船すると、時事通信社の香港支局長が待っていた。喫茶店に案内されて、村松は事件の概要を知る。

《名状しがたい衝撃だった。「とうとうやってしまいましたか」といったことのほか、何をはなしたかは記憶がない。東京行きの飛行機の最終便が午後五時四十分に出るのをたしかめ、大急ぎで飛行場に行った。飛行機の座席に坐ってからもさまざまな思いがとびかい、こみ上げて来るものを抑えるのにせい一杯でいた。自衛隊や政治家との過去の三島のつながりから、下手をすると政治問題になりかねないという心配も、脳裡をよぎった。》

東京着は深夜に近かったので、村松はこの晩は三島邸に行くのは断念した。史料によっては、村松もこの夜に弔問したとあるが、間違いだろう。

## 香港、細江英公

写真家細江英公も、この日、香港にいた。

三島の『薔薇刑』を撮った写真家である。この年、三十七歳。十五歳で初めて自分のカメラを手にし、高校時代から写真雑誌のコンテストに応募し、プロの写真家を目指した。細江は東京写真短期大学（現・東京工芸大学）写真技術科を一九五四年に卒業すると、フリーの写真家となった。この時代、カメラマンは、報道系は新聞社に、広告系は広告制作会社に勤めるのが一般的だった。芸術志向の強い細江は、当時としてはかなり異質な存在と言える。

一九六一年に、三島の評論集『美の襲撃』のため、著者の肖像写真と装幀を手掛けたことで、三島と知り合う。三島は細江の写真に注目していたので、細江が三島を撮りたいと申し出ると快諾し、半年にわたるフォト・セッションが続いた。こうして、翌年に三島を撮った『薔薇刑』が写真展で発表され、さらに一九六三年に写真集として刊行されると、衝撃を与え、日本写真批評家協会作家賞を受賞した。

この『薔薇刑』を新しい編集で、英語のテキストも付けた国際版として刊行する計画が持ち上がり、装幀は横尾忠則が起用された。だが、横尾が難病となったため、作業は遅れており、ようやく、校正刷が出たところだった。

細江は同業の写真家三木淳が香港取材をしているところを、八ミリ映画で撮るために、前日から香港にいた。

夕方五時頃、ネーザンロードに面する三木が懇意にしている洋服屋「テーラー・ルイホー」に立ち寄ると、店の女主人が、現地の中国語の新聞を手にして、「あんたの友達、東京で自殺した。（理由は）金か、女か」と叫んだ。

新聞には「三島由紀夫」ではなく、「三品行雄　割腹自殺」とあった。見出しの横には三島が軍服姿で演説している写真がある。ミシマユキオという音から、勝手に漢字にしたのであろう。細江は記事を読み始めるが、同じ漢字とはいえ、断片的にしか分からない。そこで、店の人に英字新聞を買って来てもらい、ようやく事件の概要が分かった。

《記事を読むと市ヶ谷の自衛隊に若者四人とミシマが将軍を拘束して、バルコニーで演説をした後、自殺したという簡単な記事だった。三島さんは、何故、市ヶ谷の自衛隊司令部で自殺をしたか。さっぱり要領を得ない。ただ三島さんが自殺したことだけは確かだ。》

細江は東京の自宅に電話をした。妻は、「たいへんよ、三島さんが市ヶ谷の自衛隊で自殺したのよ」と泣き声で伝えた。そして、「新聞社やテレビ局から写真が欲しいと電話が鳴りっぱなしなのよ」と言う。

細江の予期していたこと、そして怖れていたことが起きていた。

細江の撮った『薔薇刑』は単なるポートレートではなかった。三島のヌードであり、マゾヒスティックな構図の写真だった。あまりにも猟奇的で、この事件を伝えるニュースには、あまりにもふさわしかった。

だが、細江は妻に、すべての依頼を断るよう、強く命じた。

「写真は全部ダメだ。全部断れ。二日後に帰るから、それまでがんばれ」

そして、なぜ自殺したのだろうと妻に問うが、彼女も、テレビでは色々な人が色々なことを言っているけれど、さっぱり分からないと答えた。

細江は、三島邸に赤い薔薇を一抱え持って行くように指示した。『薔薇刑』の撮影中はいつも黄色い薔薇を用意していた。だから、薔薇をと思ったわけだが、この時は、直感で赤だと思った。

《主のいない家の居間に赤い薔薇が何十本も飾られていたら家族はどんな思いをするだろうなんて考える余裕はなかった。》

細江と三木は、その晩、半島ホテルの最上階のバーで、三島を追悼して献杯した。

細江は二日後に帰国する。

『新輯・薔薇刑』は年内に出る予定だったが、細江が出版元の集英社に頼んで延期してもらい、翌年初めに発売された。

## 新宿、麻雀屋

その十九歳の青年は、新宿のとある麻雀屋にいた。《あまり素人の近寄らぬ二十四時間営業の鉄火場で、そこはさながら阿片窟のごとく、暦もなければ時間もなかった》と、彼は後に書く。

この青年は文学青年で作家志望だった。高校生の頃から雑誌の新人賞に応募し、神田駿河台下の出版社に足繁く通い、原稿を持ち込んでいた。会って、原稿を読んでくれた編集者は三島の担当でもあった。青年は、《三島の小説の価値は知っていたが、そのセンセーショナルな存在に拒否感を抱いていた》が、編集者が三島論を展開することもあって、三島作品を読んで過ごしていた。

二月のある日、駿河台下から御茶ノ水駅へ向かい、さらに水道橋まで、青年は歩いた。なぜそうしたのか、理由はよく分からない。何かに導かれるように、歩いたらしい。

そして水道橋の交叉点で信号を待っている間、なんとなく道路ぎわの半地下の窓をのぞくと、そこはボディビルジムで、バーベルを持ち上げている男がいた。それが、三島由紀夫だった。といって、会って、名乗りあったわけではない。ほんの数秒、見ただけだった。三島らしき男は、バーベルを下ろすと、立ち去った。

数日後、出版社に行き、編集者にこの「出会い」を話すと、何かの縁だから近いうちに三島の自宅に連れて行って紹介してあげよう、と言われた。

だが、その日よりも先に、十一月二十五日がやって来た。

青年は、小説ばかり書いていたせいか大学受験に失敗し、浪人していた。暦もなければ時間もない麻雀屋に何時からいたのかは書かれていないが、

《事件の経緯についてはまったく気付かず、夕方にひょっこり現れたヤクザ者の口から、三島由紀夫が腹を切って死んだ、と聞いた。

まさか高橋和巳が誄《るい》したごとく、醢《しおから》をくつがえして哭《な》きはしなかったが、ほとんど麻雀牌《パイ》をくつがえして驚愕した。

あとには心にぽっかりと穴のあいたような喪失感ばかりが残った。》

青年は、三島がなぜ肉体と小説の相関に拘ったのかという疑問を解決するために、翌年三月、大学ではなく、陸上自衛隊に入った。

それは彼が小説家になるためには必要なことだと思われたのだ。

その青年が作家としてデビューするのは二十一年後の一九九一年のことだ。

浅田次郎である。

## 東映京都撮影所

鈴木則文は浜松でのロケハンを終えるとその日のうちに京都の撮影所に戻った。

その廊下で、鈴木は、小沢茂弘監督と、女優の藤純子（現・富司純子）とすれ違った。

二人は翌年一月下旬に公開される『女渡世人』を撮影中だった。藤はこの当時最も人気のある女優である。


小沢は一九二二年生まれで、一九五四年に監督としてデビューし、東映の時代劇と任侠映画を量産した職人的な監督だ。

藤純子は、この年、二十五歳（十二月一日生まれなのでこの日はまだ二十四歳）。同年生まれの女優としては、他に日活の吉永小百合、俳優座の栗原小巻などがいる。吉永は六〇年代末に所属していた日活そのものが低迷していたため、この時期は不遇だった。栗原が大胆なベッドシーンのある『忍ぶ川』でブレイクするのは一九七二年である。

一九七〇年に最も観客動員が見込める女優は、藤純子だったのだ。東映のプロデューサー、俊藤浩滋《しゅんどうこうじ》の娘で、その父の仕事場である東映の撮影所に遊びに行ったところ、マキノ雅弘監督にスカウトされたというのが、彼女の「スター誕生伝説」だ。映画デビューは一九六三年。

藤の人気を不動のものにしたのは、一九六八年の『緋牡丹博徒』（山下耕作監督）の「緋牡丹のお竜」である。藤にとって初主演作品だったが、大ヒットし、シリーズ化された。当時の東映にとって、藤純子は鶴田浩二、高倉健と並ぶ三大スターとなった。「緋牡丹博徒」シリーズに次ぐものとして作られたのが、『女渡世人』で、これもシリーズ化される。

この夜、撮影所の廊下で出会った三人の話題は、当然、三島のことになる。小沢は、

「勇気がある。口先だけで何もできない奴が多いのに、すごい人だ」と言った。

藤純子は、ポツンと言った。

「あたしも自殺しようかしら」

この藤の何気ない発言について、鈴木はこう解説する。

《勿論、本気ではないが批評をしない美徳をもつ女のやさしさは男にとって女神に近い存在である。》

藤純子はもちろん、自殺などしなかった。しかし、この時期、彼女が悩んでいたのも事実だった。彼女は歌舞伎界のプリンス、尾上菊之助（後、七代目尾上菊五郎）との秘密の恋愛の最中だったのだ。二人が知り合ったのは、一九六六年のＮＨＫ大河ドラマ『源義経』である。

藤の父は東映のプロデューサーとして「ヤクザ映画のドン」とまで呼ばれた大物だった。彼に逆らえる者はいなかった。そして、彼の娘である純子に手を出したら殺されるとの噂が、かなりの信憑性を持って広まっていた。そのため、共演者である手の早い俳優たちも、誰ひとり、撮影現場以外では藤には近づかなかった。彼女は恋をするにも相手がいなかった。

ところが、ＮＨＫでは、藤をガードする者はなかった。やがて義経役の尾上菊之助と親しくなり、藤は初めて恋に落ちる。二人の婚約が発表されるのは翌年なので、ちょうどこの頃、結婚問題がいよいよ現実のものとなっていたと考えられる。歌舞伎役者の妻となる以上、女優との両立は無理だった。しかし、この年の東映は彼女の出演した映画だけで十五億円の興行収入があったとされ、まさにドル箱である彼女を手放せる状態ではなかった。東映の重役である俊藤は娘の幸福と会社の利益という選択を迫られる。純子もまた父の会社の利益と自分の幸福との選択を迫られてもいた。

藤純子の引退は一九七二年のことである。三島はそれを知らずに死んだことになる。

やくざ映画を愛していた三島は、一九七〇年十月の対談で、彼が最後に観た映画である『昭和残侠伝　死んで貰います』での藤についてこう語っている。

「藤純子がすごくよかったな。……なよなよしていてネ。安気で、芸者の着物を着てヌゥーと出てくると、すごくエロティックだったな……彼女はこちらの感情でみられる数少ない女優ですね。なんでいいのかなあ——山本富士子は床の間の飾り花のようにどっかとしているけれど。藤純子は一リンざしの花でいつもゆれゆれとゆれているような。あの女優さんがくるりとこちらを振りむいた時の表情、目の動き、それだけでいいんだね」

## 新橋、居酒屋

椎名誠は仕事を終えると、新橋の居酒屋「ねのひ」に行った。部下の菊池仁とかつての部下の目黒考二と一緒だった。目黒は二十四歳。デパートニューズ社を辞めた後、仕事もせず、毎日本ばかり読んで暮らしていた。親元に住んでいたので、家賃や食費はいらず、持っていた本を古書店に売って、タバコ代にしていた。そして、退屈すると、銀座に出て来て、椎名たちと会い、本を中心としたよもやま話をしていた。

この晩は、当然、三島の話となった。椎名はこう回想する。

《菊池も目黒も明大の文学部国文科出身である。のっけからその文学論が両者の間でするどく交わされた。ぼくは学生時代にナマの三島由紀夫を見たことがあるんだぞ、と自慢しようと思ったのだが、激しい文学論の中へなかなかそういうレベルの話で立ち入ることはできない。二人の文学論を聞きながら、一応こっちもわかっているようなふりをして時おり頷いたりしていたが、実際は彼らの言っていることの半分もわからない。

「まあ結局は耽美文学のひとつの破綻じゃないのかな」

菊池仁がハリハリ漬けをかじりながらやや結論的にそう言った。

「いや違うんじゃないですかねえ。ああいう死に方はむしろ完成かもしれないじゃないですか」

目黒がこたえている。

「でも、三島の文学は正直いって自分にはいまはどうでもいいですね。菊池さんは相変わらず全然興味をもってないでしょうけれど、これからは断然ＳＦですよ」

目黒は急に快活な声でそう言った。》

椎名もＳＦが好きだったので、ようやく自分の分かる話題になりそうなのが、嬉しかった。こんなふうに本の話をするために、彼らは集まり、やがてこれが「本の雑誌」へと発展する。「本の雑誌」創刊は一九七六年である。

**東京駅、山手線**

奥野健男が、それを知ったのは、午後六時に東京駅に着き、山手線に乗り換えてからだった。

乗客の読んでいる夕刊の見出しを見て、彼は驚愕する。

《三島由紀夫自衛隊に突入、切腹、なにより決定的なのは首が介錯《かいしゃく》により落ちたと言う記事である。ぼくは気を失うような衝撃を受けた。このような衝撃は、昭和二十三年（一九四八）六月十四日目黒駅で偶然買った夕刊に、「太宰治情死か」という見出しを見てそのままうずくまった時以来の衝撃であった。》

奥野はこの日の自分の行動を振り返った。谷崎の墓の前にいたのが、午前十一時だったので、ちょうど三島が総監室に入った時だ。そして、化野の無縁塚にいたのは正確に覚えていて、十二時十五分——三島が切腹した時刻だった。

《なにか三島由紀夫の霊、それも荒魂ではなく、和魂に誘われた感じが強い。奥野、お前はおれを専ら文学的に語りついでくれと言っているように思えた。》

奥野が『三島由紀夫伝説』を書くのは、一九九二年のことである。

## 赤坂、「千代新」

東京・赤坂の料亭「千代新《ちよしん》」は、その晩もいつもと同じように営業していた。

午後六時、数日前から予約を入れていたなじみ客、田中角栄自民党幹事長は、秘書の早坂茂三と共に予定通りやって来た。他に、作家の川内康範と政治評論家の戸川猪佐武《いさむ》と、光文社の週刊誌「女性自身」の編集部の四人、合計八人が、その夜の田中の座敷の客だった（戸川については、この場にはいなかったという説もある）。

この場所を指定し、予約したのは、田中サイドだった。川内は『月光仮面』の原作者、あるいは森進一の『おふくろさん』の作詞者として一般には知られるが、福田赳夫《たけお》の秘書をしていたこともあり、政界のフィクサーのひとりでもあった。右翼ともアナキストとも交流があった。田中と光文社とを仲介したのが、川内だった。戸川は元読売新聞の政治記者で、田中角栄寄りの評論家として有名だった。月刊誌「流動」にこの月から『小説吉田学校』を連載する。「女性自身」は田中角栄の女性問題を追いかけていた。それを察知した田中サイドが、記事の掲載をしないよう求めてきたのである。

当時の「女性自身」の編集長代理としてこの場にいたのが、後にフリーライターとなる児玉隆也だった。

表向き、「女性自身」側が、田中に取材をするための場ということになっていたが、田中は何とか記事が出るのを止めさせようと考えて、この場を設けている。

児玉は、田中に女性について質問した。しかし、田中ははぐらかして、まともに答えない。それどころか田中の独演会のようになってしまった。

結果として、記事にするだけの材料が揃わず、この企画は流れる。

だが、児玉が三島の死のショックで、戦意喪失状態にあったのも流れた理由のひとつかもしれない。

児玉は三島に原稿を書いてもらうなど、世話になっていた。

いや、そんなものではない。児玉にとって三島は人生の師だった。本当なら、こんなところにいないで、三島邸に弔問に行きたかった。しかし、田中と会うと決まっていたので、児玉は仕方なく出向いたのだ。事件を知ってからは、田中角栄のことなど、どうでもよくなっていた。

田中角栄が内閣総理大臣に指名されるのは、この一年七カ月後の一九七二年七月六日である。

もし、三島がこの日にあの事件を起こさなければ、児玉は田中を追及し、その結果、田中は打撃を受けて総裁選に出ることができなかったかもしれない。田中はその意味では三島のおかげで危機を逃れた。

児玉は、数日後、三島が「サンデー毎日」の徳岡と、ＮＨＫの伊達の二人を市ヶ谷の現場に呼び寄せていたことを知り、大きなショックを受ける。児玉は自分こそが三島に最も信頼されているジャーナリストだと思っていた。それが、そうではなかった。三島は最も重要な瞬間に、自分を呼んでくれなかった。

しかし、それは、児玉個人を認めなかったのではなく、媒体として女性誌である「女性自身」ではなく、大新聞社と大放送局を選んだからかもしれない。

児玉は一九七二年二月にフリーになる。そして、この晩には逃してしまった大きな獲物である田中角栄に、一九七四年に反撃する。それが、「淋しき越山会の女王」だった。一九七四年十月発売の「文藝春秋」(十一月号)に特集「田中角栄研究」の一本として掲載された、田中角栄の金庫番とされた女性、佐藤昭《あき》(後、昭子)についてのルポだ。同じ号に載った立花隆の金脈研究のほうが政治的問題に発展したので有名になってしまったが、田中にとってより大きな精神的打撃となったのは、児玉のルポのほうだった。もっとも、一九七〇年当時に児玉が記事にしようとしていたのは、さらに別の女性のことだった。

## 防衛庁

六時半、防衛庁本館六階の大会議室は入る人が厳重にチェックされていた。

内海事務次官とその前任の小幡前事務次官をはじめ、内局の各局長、そして統合幕僚会議議長をはじめとする陸海空の各幕僚長以下の自衛隊の幹部たち二百名あまりが集まって来た。

三島事件についての重要な会議が開かれていたのではない。

小幡前事務次官の送別パーティーだった。

「週刊新潮」一九七〇年十二月十二日号によると、中名生《なかのみよう》正己広報課長は、

《小幡事務次官のお別れパーティーは、前々から決っていたことなんですよ。〝三島事件〟のほうはまったくのハプニングですからね。あんなハプニングに左右されることは全然ないと思います》と語った。

そして広報課長のコメントはこう結ばれる。

《あの事件で、自衛隊にクーデターの起るのを心配されたムキもあると思うのですが、しかし、あのパーティーは、われわれにはそんな気は毛頭もないという間接的な表現になると思いませんか。まことに平和を象徴していて、〝優雅な〟パーティーじゃありませんか。》

出席していた統幕会議事務局長の谷村弘陸将は、パーティーで三島事件について話題にならなかったといえば嘘になるとして、事件についてこう語る。

《自衛隊の受止め方を一言でいえば、向うが勝手にはいって来て、こちらは迷惑を受けた。これに尽きるでしょうね。ただ、そこに国民一般のご批判があるとすれば、それはあの事件に至るまでの、『楯《たて》の会』と自衛隊の結びつきについてのご批判でしょうが……》

この国防組織は、戦争というハプニングが起きても、某国が「向こうから勝手に入って来て」も、送別会の予定があれば、それを優先するのであろうか。

## 熱海、後楽園ホール

宴会をしていたのは、防衛庁・自衛隊の幹部たちだけではなかった。

読売巨人軍も、この日、午後六時からこの年の「納会」を熱海の後楽園ホールで行なった。

この時期の巨人は、監督が川上哲治、長嶋茂雄と王貞治が全盛期で、この年、六連覇を達成した。巨人の連覇は、一九七三年の九連覇まで続く。

**新宿西口**

佐野眞一は大学時代の友人と、新宿西口の小便横丁で、ひたすら呑んでいた。

隣のテーブルにいたサラリーマン風の中年男が、三島について、気の利いた台詞で批判したので、佐野は、訳のわからない激情にかられて、食ってかかった。

この二十三歳の三島の愛読者だった青年は《天も裂けるような大事件なのに、世の中がふだん通り動いているのも我慢できなかった》のだ。

**警視庁牛込署**

ニュースで、三島と森田の遺体が牛込署に移され、近隣からの焼香客もあると報じられたので、新潮社の小島は矢も楯もたまらず、牛込署に向かった。

翌日の新聞によると、祭壇が設けられたのは午後八時頃だという。まず、早稲田大学国防部の学生六人が焼香した。

だが、八時半には、警察上層部の意向で、焼香客を断る方針に変わっていた。

小島は名刺を出して、「今朝お目にかかるはずのところ、会えずに心残りです」と懇願したが、無駄だった。

### 萩原朔美

寺山修司の「天井桟敷」の一員だった萩原朔美《はぎわらさくみ》は、この年、二十四歳。母方の祖父が萩原朔太郎、母が作家の萩原葉子である（両親は離婚）。

萩原は日本大学芸術学部を中退し、「天井桟敷」で俳優として活動していたが、この年、映画『少年探偵団』を製作するために「天井桟敷」を休団していた。萩原の製作する映画はいわゆる劇映画、娯楽映画とは異なるものだった。その萩原の映像製作グループの名は、「家族商会活動所」といった。そのメンバーのひとりに、アートディレクターとなる榎本了壱《えのもとりょういち》もいた。

榎本はこの年、二十三歳。十六歳で二科展に入選し、十九歳で詩集を出すなど、早熟な人だった。寺山修司が監督した映画『書を捨てよ町へ出よう』の美術も担当する。一九七〇年代に一世を風靡する雑誌「ビックリハウス」の創刊にも携わる。

この十一月下旬は、『書を捨てよ町へ出よう』の撮影準備をしていた時期だった。

この日、萩原は榎本に電話をかけ、「会えないか」と言った。用件は言わなかったが、榎本にはすぐに三島のことを話したいのだなと分かり、夜に会うことを約束した。萩原は三島と面識があったのだ。

この晩のことを、榎本はこう回想している。

《会えば案の定、萩原は顔面蒼白だった。三島由紀夫と面識があるということもあったが、未来を摑まえられないでいる萩原には、強烈な暗示に満ちた事件であったのだろう。その日はどんな話をしたか覚えていない。呑んだあと吉祥寺の実家のお稽古場に、二人で蒲団を並べて寝た。夜半に萩原は激しくうなされていた。》

数日後、榎本は北里大学附属病院に寺山を見舞った。寺山は過労と、次の映画撮影を前にしての検査のため、入院していたのだ。寺山は、はにかむように笑って言った。

「三島が、腹切って死んだというのに、俺は病院で病気を治してさ、生きようとしているわけね」

いつの発言かははっきりしないが、寺山は三島の死について「天井桟敷」のメンバーにこう言った。

「三島は季節を間違えたな。桜の季節にやるべきだった」

## 三島邸

堤清二は夜になると、三島邸へ向かった。

この夜は、誰もが三島邸に入れたわけではないが、堤は入れてもらえた。堤の顔を見た三島

の父、平岡梓は、

「あんたのところであんな制服を作るから、倅は死んでしまった」と言った。

堤は返事のしようがなく、

「すみませんでした。こんなことになるとはねえ」と曖昧に言うだけだった。


歌舞伎役者十七代目中村勘三郎は、歌舞伎座の舞台が終わると自宅へ戻り、黒いスーツに着替えて、三島邸へ弔問に行った。

この日、作家の円地文子、三島の義父にあたる杉山寧らと共に、勘三郎も藝術院会員に選ばれていた。しかし、このめでたいニュースは三島事件ですっかり吹っ飛んでしまった。

勘三郎は弔問の後、料亭「吉兆」の主人に電話で、

「三島さんのところへ弔問に行ってきました。どうも大変なことでしたな」と伝えた。

三島が書いた歌舞伎は六作あり、そのうちの五作が中村歌右衛門のために書かれた。当時の歌舞伎界には劇団制があり、歌右衛門は吉右衛門《きちえもん》劇団に属していた。吉右衛門劇団は、初代吉右衛門亡き後も継続し、その弟である勘三郎と娘の夫である松本幸四郎と、歌右衛門の三人が主軸となっていた。したがって、勘三郎も、三島が書いた『地獄変』『鰯売恋引網《いわしうりこいのひきあみ》』などに出演したので、関係は深かった。

中村勘三郎は、この年、六十一歳。

### 中曽根康弘

その夜、中曽根のもとには「おまえは三島の親友ではなかったのか。やり方が少し冷たすぎるのではないか」という電話が鳴りっぱなしだった。

中曽根は三島との仲については、二十五年後のインタビューでも「それほど親しくなかった」と冷たい。

この年の二月に中曽根が主宰していた山王経済研究会に招待して話を聞いて、その後、新橋演舞場近くの料理屋で飲んだくらいだったとその関係を説明する。

しかし、三島サイドの記録では、山王経済研究会例会で講演したのは四月二十七日となっている。その他、一九七〇年に限っても、二月十二日に防衛庁の機関誌「朝雲新聞」のために中曽根と対談し、九月三日にも中曽根主宰の「新政同志会」の第三回青年政治研修会で講演している。

中曽根は記憶違いをしているのか、あるいは意図的に、三島との交友の「薄さ」をアピールしているのかもしれない。

## ハワイ

作家有吉佐和子はハワイにいた。この年、三十九歳。ハワイ大学で「江戸時代後期の演劇文学」の講義をするためで、後に作家となる娘の玉青《たまお》（小学一年生）と若いお手伝いの三人で、十一月十二日に旅立った。

有吉の同年の友人で作家の丸川賀世子が三島事件の衝撃を手紙に書いて、有吉に送ると、返信にはこうあった。

《最初は驚いたけど、何もかも三島さんらしい見事な最期だと思います。第一回の私の講義は、三島由紀夫と鶴屋南北というテーマにしたいと思います。彼我共通のものが実に大きいの。もちろん違いも大きいけど、いつも演出を考えているのは、凄い符合のように思われます。》

これは有吉の手紙の原文ではなく、丸川が記憶に基づいて書いたものだ。

## ニューヨーク、IBM

ニューヨークでも事件は話題になった。それもこの大都市で暮らす日本人の間でのみ話題となったのではなく、アメリカのビジネスマンたちにとっても関心のある出来事だった。

新聞の組版をコンピュータで行なうシステムの開発という大プロジェクトを描いたノンフィクション『メディアの興亡』（杉山隆男著）に、この日の朝（日本時間では二十五日夜）のＩＢＭの会議の様子が描かれている。

主要人物のひとり、日本ＩＢＭの営業担当社員伊藤正亮はニューヨークに出張中で、ホテルのルームサービスでとったニューヨーク・タイムズで事件を知った。

伊藤が取り組んでいたプロジェクトは、漢字・ひらがな・カタカナという日本独特の文化をコンピュータで処理することだった。現在ではケータイでもできるようなことが、一九七〇年当時は夢のようなプロジェクトだったのだ。当然、技術的に暗礁に乗り上げ、ＩＢＭ本社としてはこのまま続けるか撤退するかの決断を下そうとしていた。伊藤は、三島事件により、「日本人は何を考えているのか分からない」とのイメージが確立され、それを理由に撤退することになりはしまいかと、不安だった。

伊藤の悪い予感通り、会議は三島事件の話題で始まった。役員たちは、三島はなぜ自ら命を絶ったのかと、伊藤に質問した。

伊藤は「美意識の問題だ」と答えた。

《「次元は違いますが、欧米にも似たようなケースがあります。たとえばオスカー・ワイルド。彼も謎《なぞ》の自殺をとげています。ホモセクシュアルに走ったのが原因と言われていますが真相はよくわかりません。三島の死も結局はオスカー・ワイルドの死と同じだったと思います。彼らは文学者なのです。したがってその死も文学的自殺と考えるしかありません」

居ならぶ役員たちの間からは、いっせいに「ほう」という感じ入ったような声があがった。》
三島の死は日本の特殊性なのではなく、欧米にもよくある文学者特有の死なのだと、伊藤は主張したのである。そして、それはアメリカ人の役員たちにも理解できたようで、この話はこれで終わった。

## ニューヨーク、池田満寿夫

画家の池田満寿夫《ますお》はこの年、三十六歳。ニューヨークに滞在していた。

この年の四月から、池田はニューヨークのタッチストン社と、十二点組のリトグラフ集制作の契約を結び、バンク・ストリート工房へ通う日々を送っていたのだ。

池田は東京芸術大学の入試のために上京した一九五二年三月から、かなりの頻度で母親に宛てて手紙を書いており、これが一種の日記となっていた。その一部が『日付のある自画像』という書名で刊行されているが、一九七〇年十二月一日付の手紙にこうある。

《三島由紀夫の自決、ニューヨークと日本の新聞で読み、なんともいえない衝撃をうけました。日本人の間では三島の話ばかりです。》

池田は翌年一月にリトグラフ集を刊行、さらにアメリカの永住権も得るが、母危篤の知らせを受けて二月に帰国する。母は、十月に亡くなった。

一九七六年春、池田満寿夫は、小説としては二作目となる『エーゲ海に捧ぐ』を五日で書き、「野性時代」一九七七年一月号に掲載され、一九七七年上期の芥川賞を受賞する。

### インド、ベナレス

作家大江健三郎はインドにいた。アジア・アフリカ作家会議に出席するためで、作家の堀田善衛《よしえ》と一緒の旅だった。

大江健三郎、この年、三十五歳。堀田は六十二歳だった。

大江がその朝、ホテルのレストランで朝食をとっていると、堀田が、朝だというのに正装して現れた。「どうしたのですか」と大江が訊くと、

「三島君が亡くなったよ」と堀田は静かに答えた。

しかし、大江はこのエピソードを封印する。事件後に大江は何度も三島について書くが、このニュースについては「ＢＢＣのラジオで聞いた」と書き続ける。たしかに、「聞いた」のであろう。だが、ラジオで最初に知ったのではなく、堀田から伝えられて知ったのではないだろうか。それとも、堀田から聞く前に、部屋のラジオで聞いていたのだろうか。

三島との関係が悪化していた大江は、正装で現れた堀田に対し、何らかの後ろめたさを感じ、堀田との朝食のシーンを封印したのではないか。

一九七一年一月に発売された「群像」一九七一年二月号は、どの文芸誌もそうであるように三島追悼特集だ。「群像」の追悼特集に大江は何も書いていないが、特集とは何の関係もないところに、二頁にわたる「シンガポールの水泳」という大江のエッセイが載っている。《この冬のさなかに、僕はシンガポールでひとり泳いだ》という書き出しに続いて、こうある。
《その一週間まえ、印度のベナレスで、すなわち二十世紀の今日の日常性に根ざした感覚において、なお聖なる川であることが、地道に納得されるガンジス川に、民衆の林浴する街で、BBC放送によって、僕は日本人の一作家の割腹自殺を知ったところだった。僕は、たまたまアメリカの作家が僕に、ヘミングウェイの自殺は、生き残ったアメリカ人に対する一種の侮辱だ、と語ったことを、いくたびか思いかえしていた。もっともヘミングウェイは、作家の孤独のうちにひそかに閉じこもって死んだのであったし、かれはまた、民主主義を侮辱したのでもなかった。僕は、エイ、エイ、と声を発しながら、激しい勢いでひとり泳いだ。》
泳いだのは、「一作家の死」を知った一週間後のことである。
三島と大江とは、その政治的立場はまったく異なるように見える。改憲と護憲、天皇制強化と反天皇制。だが、その文学観はある時期までは近かった。少なくとも、三島は年下の大江を高く評価していた。社会党の浅沼委員長を刺殺した右翼少年を描いた大江の『政治少年死す』が批判された際、三島は絶賛していた。三島邸のパーティーに大江が招待されたこともあった。

しかし大江の『個人的な体験』のラストについて、三島が異議を唱えたあたりから、疎遠となる。どちらかというと、大江が三島を遠ざけるようになった。

一九六八年に川端康成がノーベル文学賞を受賞した際、お祝いに駆け付けた三島は、記者に「次は三島さんですね」と持ちあげられると、「いや、大江だよ」と答えた。その三島の予言は、一九九四年に現実のものとなる。

このように、三島は大江を評価していたのに対し、大江は三島を評価しない。とくに、その政治活動はまったく評価しない。

そうであるから、大江は「三島さん」とも、「三島由紀夫」とも書かず、「日本の一作家」と冷淡に記す。事件から二カ月も経たない時期にこのエッセイを読めば、誰もがその「一作家」が三島だと分かるのに、あえて名前を書かない。

次のパラグラフからはシンガポールで客死した二葉亭四迷の墓を訪れた話になる。二葉亭もまた四十五歳で亡くなったのだ。

大江は二葉亭の死についてこう書く。

《国際問題に、死に場所を見つける、と決意をあきらかにしながらも、二葉亭の言葉は、あとに残って、文学をやりつづける作家たちを侮辱してはいない。作家たちに対して無礼でなく、同時代の日本人一般に対して無礼でない。もともと、二葉亭の文学的努力は、かれひとりの

「美学」の密室にとじこもる性格のものでなく、広く作家たちに対して、また日本語をもちいる人間みなに対して、無限にひらいてゆくところの、新時代の文体をつくりあげるための努力だったことをあわせ考えるべきであろうか。》

大江は二葉亭の墓に参ると、ホテルへ戻り、「今度は心安らかに、ゆっくりと泳いだ」として、このエッセイを終える。

この号の「群像」の三島追悼特集には多くの作家が文章を寄せている。おそらく、大江のこの文章も、編集部からの依頼は三島追悼特集のためのものだったのではないか。しかし、大江は、およそ追悼とは言えないようなものを書いて、送った。編集部としては、これを追悼特集の中に入れるわけにはいかない。そこで、単発のエッセイとして掲載したのだろう。

一冊の雑誌全体のなかで、あまりにも異質な、大江の文章だった。

## 竹中労

竹中労は翌二十六日の朝、仕事場の庭先に、鉢の菊を移す。そして、「三島由紀夫の死」という熱い文章を書く。そのなかほどには、こうある。

《ここまで書いてきて、涙をおさえることができない。私は、天皇をまったく尊敬しない人間であり、三島由紀夫のいう〝天皇制文化共同体〟の論理に組《（ママ）》しない人間であるが、彼の死に連帯することができる。小ざかしい〝言論の自由〟をトリデにして志を述べる、しょせんは文弱の徒であるまいかと、卑小なオノレの物指しで、三島由紀夫を量っていた不明を、心底から恥じねばならない。私だけではなく、まさに七〇年代の死物狂いの闘いを先取りされた革命家たちは、その凄絶な死にざまを、烙印のように胸におかなくてはならないのである。》

そして、《知行合一の論理は、右翼の側より戦闘的左翼の側に、正しく継承されなくてはならないのではあるまいか？》と書く。

左翼の側はどう継承したのであろうか。

### 永六輔

タレントの永六輔はこの年、三十七歳。三島の八歳下になる。永は三島と風貌が似ていた。当人たちも似ていることを自覚しており、三島は永のことを「できの悪い弟」と紹介するほどだった。街を歩いていると、永はよく「三島さん、サインしてください」と声をかけられた。最初は「違います、三島さんではありません」と否定していたが、しまいには面倒になり、「三島由紀夫」とサインすることもあったという。

当時の永はラジオの深夜番組の他、テレビ番組「遠くへ行きたい」が始まったところだった。二〇一〇年の現在も続く長寿番組が始まったのは、七〇年十月で、当時は永六輔のみが出演していた。

「遠くへ行きたい」は紀行番組で、日本各地に出かける。

《そのロケ先で、三島由紀夫自衛隊乱入のニュースを知った。

そして割腹自殺。》

とのみ、永は『昭和——僕の芸能私史』に記している。そして、この年について、

《この年、六〇年安保から十年。

政府は条約を自動延長したが反対する国民運動は静かなもので、過激派と呼ばれる学生たちが目立ち、その一方に三島由紀夫の「楯《たて》の会」があったのだが、これも支持を受けるという形にはならなかった。

僕もノンポリという流行語に巻き込まれそうな自分を見つめていたような気がする。》

## 東京都の小学生

翌日になるまで何も知らなかった人もいる。

この年、十一歳になる東京都内の小学校五年生である。この年齢ですでに三島の『わが友ヒトラー』『憂国』『英霊の声』などを、《意味を理解出来ないまでも、その、一種小気味いい清涼感に包まれてドキドキできるという理由だけで、読了していました》と、彼は後に語る。

彼は中学受験のため、五年生になると、休日は日本進学教室や四谷大塚といった塾に通い、平日は家庭教師が二人つく状態になった。受験が終わるまでは、一切の趣味が禁止され、テレビも一週間に一時間か二時間しか見ることが許されなかった。四時間の睡眠時間以外、一秒の自由もない。そんな状態だったので、彼はその日のニュースを見ることもなく、何も知らずに翌日学校に行き、教室で事件を知る。

《徹底した教条的左翼だった音楽の教師が、興奮して一時間、前日の事件の簡単な経過とその批判、否、罵倒を叫び続けました。

「介錯の一撃は首でなく肩の中に斜めに減《め》り込《こ》んだんだ。えらく痛かっただろうな。それが天罰ってもんだ。はっははは……」》

当時は、このような左翼が教師として勤めている時代でもあった。

この少年は早稲田中学に入学し、中学三年で右翼組織の活動を手伝うようになる。しかし右翼に失望し、次は暴走族に参加する。「反体制」というのが暴走族に加わる理由だった。早稲田高校に進学すると、新左翼ブントの高校生組織に所属するようになり、試験中に教室内でアジ演説をしたことで、退学となる。

一九八二年には鈴木邦男が代表をしていた新右翼の一水会‐統一戦線義勇軍書記長に就任してゲリラ活動をしていたが、スパイ粛清事件を起こし逮捕される。懲役十二年となり、服役し、この獄中で執筆した小説『天皇ごっこ』で作家としてデビューする。見沢知廉である。そのペンネーム「みさわ」は、文庫は書店では著者のあいうえお順に並んでいるので、「みしま」の隣になるために考えたものだった。

## 東京拘置所

永山は二十六日に面会に来た弁護士から、自分が「皇室一家をテロルで抹殺しろ！」と叫んだのとほぼ同時刻に、三島が「天皇陛下万歳」と叫んだのを知り、こう書いている。

《なぜかしら不思議と考えざるを得ない出来事である――この時刻が同時だったと言うことが……。

〝極〟の附くこの二つの思想が公然と発言されたということは、現代資本主義社会体制内ではごく自然的だと言えないこともない。しかし、その思想内容の中核的焦点が、一方ではその擁護の絶叫であり、また私の場合自覚したプロレタリアの発言としては普遍妥当的なものであり、また自然生的なものであった。》

## 愛知教育大学

後に作家になる清水義範は、この年、二十三歳。名古屋に生まれ、大学も愛知教育大学に入った。卒業が間近になっていたが、就職先が決まっていない状態だった。清水は中学時代からSFファンだった。同人誌を発行していたことで、SF作家半村良の面識を得て、やがて半村に師事して、作家デビューを目指すことになる。

清水は本をよく読む青年ではあったが、三島とは波長が合わず、それほど読んでいたわけではなかった。そのため、文学的なショックはそれほどなく、死に方の異常さにショックを受けただけだった。事件の翌日か翌々日、後輩の女子学生から、

「どう考えたらいいんでしょう」と質問された。彼女は三島の死をどう受け止めていいのか、分からなかったのだ。

「とにかく、すごくショックで考えがまとまらないんです」

そう言う後輩に、清水はこう答えた。

「別に、我々が何かを受け止める必要はないんじゃないかな」

清水には、難しすぎる問題だった。三島文学に詳しいわけでもないし、自殺というものについても自分の考えなど持っていなかった。

《その自殺が、日本刀で腹を切るというショッキングなもので、介錯して首が切断されたらしいというんだもの、そんな異常なことをどう捉《とら》えていいのかなんてわかるわけがない。》

当時の心情を清水はこう回想する。

清水は後輩に、三島やその文学をよく知らないが、と前置きして、こう続けた。
「今度のことはほぼ全面的にあの人が個人的な動機でやったことだと思うんだ。だから、他人であるぼくたちが、あのことから何かを受け止めるなんてできないし、その必要もないんだと思う」
これを後に清水は《いかにも青臭い若者らしい、身勝手な発想法》と自ら評するが、それが当時の実感だった。自分のことに精一杯で、他人のことまで考える余裕がなかったともいう。

**劇団雲**

二十七日から大手町の日経ホールで上演された、劇団雲の、福田恆存演出、T・S・エリオットの『寺院の殺人』には、こんな台詞がある。
《「その行為のどれひとつを取ってみましても、彼が初めから殉教による死を決意していたとしか思われないことばかりであります」》
観客の誰もが、三島の顔を思い浮かべた。

**美空ひばり**

美空ひばりはこの年、三十三歳。二十五日に出演者が発表された大晦日のNHK紅白歌合戦で、ひばりは紅組司会を担当することになる。紅白史上初めて、大トリと司会者を兼ねたのである。歌手として絶頂期にあった。弟が暴力団の組員であることから紅白辞退に追い込まれるのは、一九七三年のことだ。

ひばりは、三島とは一度だけ会ったことがある。ひばりの親友である中村メイコが三島と交友があったため、何かの会合のあと、二人でひばりの家に来たのだという。三人はひばりの家の応接間で乾杯し、「私はひばりさんのファンですよ」と三島は言った。

ひばりは、翌年六月に出した『ひばり自伝』にこう記している。

《難しいことはわかりませんが、あの先生があんな恐ろしい最後を遂げられるなんて、悪夢のようです。》

### 五木寛之

作家五木寛之はこの年、三十八歳。生後まもなく朝鮮半島に渡り、戦後、引き揚げる。早稲田大学文学部露文学科に入学するが、学費未納で抹籍となる。しかし「中退」と称していた。この大学出身のマスコミ関係者には、このような「中退者」が何人かいる。五木は後に未納分を払い、正式な「中途退学」となる。

五木は放送作家、作詞家などマスメディアの世界に職を得るが、いったん、退き、ソ連、東欧を旅した後、一九六六年に『さらばモスクワ愚連隊』で作家としてデビューし、翌年には『蒼ざめた馬を見よ』で第五十六回直木賞を受賞、流行作家となった。

五木は三島と「平凡パンチ」一九六七年十月二日増刊号で「誌上討論」しているが、直接会ってはいない。五木が三島と会ったのは、十七日の谷崎賞のパーティーが最初で最後だった。

この時期の五木は『青春の門』の第二部「自立篇」（連載時は「立志篇」）、『朱鷺《とき》の墓』の第三章「愛怨の章」を連載中だ。他にも短編、エッセイ、対談など休む間もなく書き、話し続けていた。二十五日の五木の行動はよく分からない。事件から一カ月ほど後に行なわれた雑誌「新評」一九七一年二月号での遠藤周作との対談では、

「ぼくなんかにまでいろいろ新聞やなんかからコメントを欲しいという電話がきましたけど、断わり通しちゃった。だって人の死については冗談が言えないでしょう？　冗談の言えないことって話題にするのもしんどいですね」

と言っているので、多くの作家がそうであるように、五木も自宅にいて、マスコミからの電話で事件を知ったのであろう。遠藤はこう応じている。

「いまでも市ヶ谷の前を通るのはいやだね」

五木は、その数日後のことは、かなり詳細に十二月十三日の毎日新聞に掲載されるエッセイ『ゴキブリの歌』の「ある冬の一日」に書いている。それによると、まず、午後一時まで寝て

いた。これは彼にとってはそれほど珍しいことではない。五木は何本もの原稿を抱えているので毎日のように締め切りがあるわけだが、この日は毎日新聞に毎週日曜に連載していたエッセイ（つまり、この『ゴキブリの歌』）の締め切りだった。しかし、まだ何も書いていない。二時を過ぎて新聞社から担当の編集者が来る。謝って、一日延ばしてもらうと、三時からサイン会が予定されていたので、新聞社の車に乗せてもらって神田の三省堂に向かう。かなりの読者が集まっていた。

サイン会の後は、植草甚一と対談。司会は中田耕治で、翌年の「青春と読書」新春号と春号に掲載される。実際の対談の場では三島のことが話題になったのかもしれないが、誌面には三島についての言及はない。

その後、「次の仕事場」へ五木は向かった。ラジオ番組「パックインミュージック」への出演である。

《深夜、ＴＢＳのスタジオにいた。目の前に永六輔氏と中川久美さんの顔があった。深夜、受験勉強をほったらかしにして、あるいはそれをやりながら片方の耳でラジオを聞いている若い人たちにむかってとりとめのないおしゃべりをしているのだ。》

いろいろな会話の後、永が「三島由紀夫の死をどう思いますか」ときいた。

《私は少し口ごもって、ぼくには先日の早稲田の帰化朝鮮人学生の自殺のほうがショックでした、と答えた。

「三島由紀夫はやはり太宰治と兄弟だったんですね」

と、私が言うと、永さんが不思議そうな顔をした。

「太宰の〈走れメロス〉をもういっぺん読んでごらんなさい。それがよくわかります」

と、私はつけ加えた。》

深夜放送「パックインミュージック」での永と中川の担当は土曜の深夜（日付としては日曜未明）なので、三日後の二十八日のことだろう。

**坂東玉三郎**

三島由紀夫は多くの才能を発見し、その飛躍を助けた。

三島によって大きく飛躍した歌舞伎の女形が、坂東玉三郎だった。この年、二十歳。

前年の国立劇場での三島の最後の歌舞伎となる『椿説弓張月』に玉三郎は抜擢され、注目を浴びた。この年の八月に玉三郎が自主公演をした際に、三島はそのプログラムに玉三郎を讃える文章を寄せた。

　事件から数日後のインタビューで玉三郎は三島についてこう語った。

「まだどこかからフーッと現れていらっしゃるんじゃないかと思う」

エピローグ 「説明競争」

十一月二十五日の午後から夜まで、各テレビ局は特別番組を編成して、評論家などをスタジオに招いて、この事件は何だったのかを論じた。その公式な発言記録は残っていないので、放送において、誰がどのような説を展開したのかは、はっきりしない。家庭用VTRは発売されていたが、とても高価で一般家庭には普及していない。テレビ局ですら、すべての番組をビデオテープに保存しているわけではなかった。

夕方から、書店はパニック状態となった。勤め帰りに多くの人が三島由紀夫の本を求めたからだ。給料日で懐が暖かったことも影響しているだろう。それまで三島作品を読んだことがない人々までが、彼の小説や評論を買い求めた。ほとんどの書店で三島の本は売り切れた。新潮社をはじめとする出版社は大増刷を決めた。

この日は「日本新聞史上、最も夕刊が売れた日」と言われる。数日後には週刊誌が緊急特集を組み、これも売れに売れた。

人々は自腹を切って、切腹した三島の情報を求めたのである。

人々の興奮がまだ覚めない二十六日の朝刊は、各紙とも前日の夕刊に続いて一面に三島事件の続報が載った。そのなかで毎日新聞は、第一面のほぼ三分の一を占めるスペースに、作家司馬遼太郎による「異常な三島事件に接して」というエッセイとも評論ともつかぬものを掲載した。この文章は司馬のエッセイ集『歴史の中の日本』に収録され、文庫版では五頁にわたる。

朝日新聞には、作家の武田泰淳、評論家の江藤淳、成蹊大学教授の市井三郎による座談会が掲載され、さらに松本清張による『「檄」と2・26との近似』という短い評論が載る。

この突発的な事件を受けて、作家たちは、マスコミからのコメントや追悼文の依頼が殺到し、突然に忙しくなった。もともと二十五日は十二月に発売される新年号の締め切りもギリギリの時期だったはずだ。実際、三島はその締め切りに合わせて、原稿を渡したのだ。

毎日新聞社は事件勃発後すぐに司馬に事件のことを伝えるとともに、原稿を依頼したのであろう。司馬は元新聞記者なので原稿を書くのは速いのかもしれないが、それにしてもかなりの速さだ。

この時代、原稿は手書きであり、ＦＡＸもない。もちろん、電子メールなどない。電話で原稿を依頼し、書き終わる頃には新聞社から使いの者が受け取りに来るシステムだ。それから、新聞社の印刷工が手で活字を組む。

司馬遼太郎、この年、四十七歳。三島は若くして亡くなり、司馬は若い頃から白髪だったこともあり、二人が同世代とは思えないが、司馬は三島の二歳上でしかない。

司馬はこの時期、朝日新聞に『花神』を、サンケイ新聞に『坂の上の雲』を、「週刊朝日」には『世に棲む日日』を、そして月刊誌「小説新潮」に『覇王の家』を連載中だった。最も脂の乗っていた時期といえる。

連載の仕事の関係からすると、この時期の司馬は朝日新聞社や産経新聞社のほうが関係は深かったはずだ。毎日はこれら二社を出し抜いて司馬の原稿を勝ち取ったことになる。

毎日新聞社に勤めていた徳岡孝夫によると、社内では、司馬の原稿を「取った」記者の功を讃える気分があったという。徳岡自身も「説明競争の先頭を切る形になった」という評価はしている。

とはいえ、もちろん司馬は朝日にも義理は欠かない。二十六日朝刊の社会面に司馬のコメントが載っており、毎日に載るエッセイと根本の部分は同じだ。

先頭争いに意味があるのかどうかはともかくとして、司馬のこのエッセイは、第一面に載ったこともあり、かなり注目された。表題の「異常な三島事件に接して」に加え、見出しには「文学論的なその死」「密室の政治論　大衆には無力だった」とある。

司馬はまず、《思想というものは、本来、大虚構であることをわれわれは知るべきである》

と書く。思想は現実とは何の関わりもないところに栄光があるのだとも書く。ところが、《思想は現実と結合すべきだというふしぎな考え方がつねにあり、とくに政治思想においてそれが濃厚であり》と書いて、その例として吉田松陰を挙げる。

そして、吉田松陰は朱子学・陽明学の「知行一致」という考えを日本風に受け取ったと解説していく。司馬が吉田松陰と高杉晋作を主人公にした『世に棲む日日』を連載していたのが、一九六九年二月から七〇年十二月までだ。したがって、司馬はすぐに吉田松陰を思い浮かべたのであろう。

司馬は続ける。

《虚構を現実化する方法はたったひとつしかない。狂気を発することであり、狂気を触媒とする以外にない。》

そして、《当然、この狂気のあげくのはてには死があり、松陰の場合には刑死があった》とし、その松陰ですら、自殺は考えていなかったと分析する。《かれほど思想家としての結晶度の高い人でさえ、自殺によって自分の思想を完結しようとはおもっていなかった。》

こう書いたうえで、司馬は三島の死をこう解釈する。

《三島氏の死は、氏はおそらく不満かもしれないが、文学論のカテゴリーにのみとどめられるべきもので、その点、有島武郎、芥川竜之介、太宰治とおなじ系列の、本質はおなじながらた

だ異常性がもっとも高いというだけの、そういう位置に確固として位置づけられるべきもので、松陰の死とは別系列にある。》

さらに、念を押すかのように、

《氏の死は政治論的死ではなく、文学論的死であり、であるから高貴であるとか、であるからどうであるという計量の問題はさておき、それ以外の余念をここで考えるべきではないように思える》とも書く。

そして、自衛隊員が三島の演説にヤジをとばしたことを「健康である」と評価し、三島の《密室の政治論は大衆の政治感覚の前にはみごとに無力であった。このことはさまざまの不満がわれわれにあるとはいえ、日本社会の健康さと堅牢さをみごとにあらわすものであろう》とする。はっきりと書いてはいないが、司馬は、三島の死によって現実世界の現実政治に影響があってはいけないと言いたいのだろう。

これが「良識」というものなのかもしれない。

だが、当然、この司馬の解釈には反論が出た。三島の死には政治的・思想的な要素もあったはずだという説である。

石原慎太郎はこの時期、「週刊現代」に「慎太郎の政治調書」という連載を持っていた。十二月十日号はその第百十八回にあたり、「三島由紀夫への弔辞」と題され、事件直後の石原の心境が綴られている。

《三島事件は、三島氏がその行動の相手に自衛隊を選び、あの檄文を飛ばし、あれらの言動によって訴えようとしたことがらによって、同業の文学者がそれを彼の美学の中の問題だけに閉じこめてしまおうとしても、その政治的社会的意味を拭い去ることは出来まい。》

そして、三島自身が「サンデー毎日」の徳岡孝夫やＮＨＫの伊達宗克に宛てた手紙で、「傍目にはいかに狂気の沙汰に見えようとも」と断っていることを挙げて、

《氏自身が、社会的政治的に見て、あの行動が他から眺めれば、狂気とも愚行ともとれ得ることを承知した上で行なった、他が何といおうと氏にとっては、絶対に社会的政治的な行為であったに違いない。そして、あの行為の中に、三島氏の文学と政治的現実の痛ましい接点、氏の観念と肉体の破滅的な合致があったに違いない。》

したがって、社会的政治的にどんなに低く評価したとしても、あの事件を「文学的な死」に過ぎないと言ってしまうのは三島の意を汲んでいないと、石原は主張する。

「美学」と「政治的社会的」の二つのカテゴリーの接点として捉えることが必要なのだと、石原は書くが、それにしても、《この事件の意味も価値も、理解出来にくいものが多すぎる》というのが、事件直後の石原の思いだ。

毎日新聞社の徳岡孝夫も、自分の勤めている社の新聞に載った司馬のエッセイには違和感を抱いていた。

徳岡は一九九六年発行の「三島由紀夫私記」の副題を持つ『五衰の人』で、司馬は三島の「革命哲学としての陽明学」を読んでいないに違いないと言い切る。だから、あんなことを書いたのであろう、と。読んでいないのなら、書くべきではないし、読んで価値がないと思ったのであればその旨を書くべきなのに何も触れていないのは、読んでないからだろうというのが、徳岡の推論だ。

「革命哲学としての陽明学」は、三島が亡くなる四カ月ほど前に書かれたものだ。

徳岡の解釈では、

《陽明学は認識それ自体の価値を認めない。認識に終始し認識を至上のものとする人々を口舌の徒と見なす反主知主義である。このように危険な思想なので、明治以来の合理主義を採る司馬のような人は、《陽明学の狂熱を避けて通る。》

三島はこう書いている。

《認識至上主義はニュートラルである。また、超道徳的であつて無倫理的である。しかし、ニュートラルでありえ、無倫理でありえてゐるのは、行動に自己を投入しない以上当然のことであり、行動はいやでも中立性の放棄と倫理的決断を要求する。それがいやだから行動しないといふ心理は、行動しないから行動を永久に恐れるといふ次の心理に至つて、悪循環に陥る。》

徳岡は、これをもって、三島が司馬のような言説が出るのを予測して、予め反論を用意していたのではないかと解説する。

たしかに、状況は徳岡の書く通りだった。行動しない文学者たちは、三島を無視するか揶揄し、そして司馬のように美学の問題として理解しようとした。

徳岡は、三島は自衛隊にやじられることくらい、何とも思っていなかった、三島が恐れるのは、《心の死、魂の死》であると書く。

三島由紀夫の死に最も誠実に立ち向かっているのは、大江健三郎だ。彼は、三島の政治思想も政治行動も全面的に否定する。文学、芸術、美学として捉えるのではなく、戦後民主主義への明らかな挑戦であると捉える。それゆえに、自分に対する攻撃と受け止め、機会あるごとに、三島を否定する。

その最初の矢が、エッセイ「シンガポールの水泳」だった。

小説としては翌年に三島とは正反対の立場から天皇制に立ち向かう『みずから我が涙をぬぐいたまう日』を書く。

三島と三島事件については、一九八三年の『新しい人よ眼ざめよ』や二〇〇五年の『さようなら、私の本よ！』において、登場人物同士が論じ合うかたちで言及される。これらは、小説の形を借りた三島論となっている。

一九八八年に書かれた長いエッセイ『「最後の小説」』で、大江はこう書いている。

《三島由紀夫は、その死にあたって、自分の文学はこれで終った、と明言したのだった。しかもそれは、文学はこれで終った、という言明と同義でもあっただろう、かれの意志・意識においては。》

そして、

《内面の意志・意識において、死を目前にする三島由紀夫は、自分の政治構想はこれで終った、という思いを、政治構想はこれで終った、という思いにかさねていただろうと思う。その自殺の後には、そのようにしてかれに軽蔑された荒蕪地としてわが国の文化情況が残った。しかもその軽蔑の余音は、広まり長びいて一般化した。》

大江は宣言する。

《僕は、文学についても、政治構想についても、その軽蔑の汚れをはらいおとし、荒蕪地を耕やしなおすことをしながら生き続けることを望んできた。その否定的な契機として、三島由紀夫は僕の記憶にいつまでも生なましく、いつまでも重要であるだろう。》

＊

まったく別の観点から、事件を解釈する人もいる。

《パブリシティはいかに行われるべきか。……三島さんこそ、まさしく天才的な完璧さで、その答えを示して逝った人だと思います。》

新潮社の幹部で当時の「週刊新潮」編集長である野平健一は、事件から数カ月後に広告会社の主催で行なわれた企業の広報担当者を対象とした講演で、こう語った。

この事件で最も経済的利益を上げた会社は三島の本を最も多く出していた新潮社であり、その次が、週刊誌や新聞が売れに売れた各新聞社、あるいは「週刊現代」の臨時増刊号だけで三十万部が即日完売となった講談社あたりとなるだろうが、個人としては、三島由紀夫である。当人は亡くなってしまったので、その著作権継承者である遺族は、お金よりも三島に生きていてほしいと思ったであろうが、ともかく、巨額の印税が入ったはずだ。

企業が（個人でも同じだが）、自分の事業なり商品を宣伝するためには、二つの方法がある。ひとつが、新聞・雑誌・テレビ・ラジオ・ネットなどに広告を出す方法だ。これはお金がかかるが、逆にいえば、金さえ出せばいい。もうひとつが、新聞やテレビなどのマスメディアに報道してもらうことだ。これを、パブリシティという。コマーシャルは流さないＮＨＫであっても、ニュースで「こんな便利なものが開発されました」と採り上げることがあり、コマーシャルとして流すよりも効果がある。しかも、無料だ。したがって、広報担当者としては、いかに記事として採り上げてもらえるかを考えることになる。

「三島由紀夫」という商品は、三島事件によって全国津々浦々に知れわたった。彼が長編小説『豊饒の海』の第四巻『天人五衰』の最終回をその日の朝に書き上げて、編集者に渡したという物語も知れわたった。実際にはかなり前に書き終えていたのだが、それは後の研究で分かる話だ。十二月に発売となった「新潮」には最終回が掲載、年が明けると『天人五衰』は単行本として発行され、たちまちベストセラーとなる。もし、この事件がなければ、そんなには売れない類の小説だ。もちろん、それ以外の三島の本も売れに売れた。

あの事件は偶発的なものではなく、緻密に計算されたものだった。だとしたら、三島がその「経済波及効果」について何も意識していなかったはずがない。実際の売れ行きが、彼の想定の範囲内だったのかそれ以上だったのかは、もはや確認のしようがないが、三島が「天才的な完璧さ」で生涯を閉じ、それによって、彼の存在を半永久的なものとしたのだとの解釈は、それなりの説得力を持つ。

しかし、三島は自分の本を売るためだけに、あのように死んだのではないだろう。そこが、この事件を複雑にする。

野平は、さらにこう語る。

《まず、何よりも、ひとりの人間が、アクシデントその他、偶発的な要素のまじったような他の力をひとつも借りないで、何もかも自分の力だけで、瞬間的に、世界中の人間の注目を一身に集め、その上で、それぞれの人間に、いろんなことを考えさせた人は、これは歴史的にも極めて稀だと思います。そういう意味で、まず天才の名で呼んで少しもおかしいとは思いません。》

しかし、三島の天才性は、それだけでは終わらないと、野平は指摘する。三島は情報時代にあって、どのような情報の提示をすればマスメディアが飛びつくかを、まさに身をもって示したわけだが、それだけではなかった。

《情報化時代なんてものを、これも完膚なきまでに否定して逝ったと思うのです。》

三島ほど、自分を晒した作家はいない。作家というものは作品を通して自分を晒すわけだが、三島はそれ以外に、自分に関する情報を洗いざらいあけっぴろげに公開した。小説を書き、戯曲を書き、演出し、映画に出演し、ヌード写真のモデルとなり、公然とボディビルのトレーニングをし、ボクシングもした。私設軍隊である楯の会も作った。全共闘との討論会もした。佐藤栄作や中曽根康弘などの政治家とも交流があった。ゲイ喫茶やゲイバーに通うことも隠さなかった。好きな女優、好きな映画――世の中には三島に関する情報が満ち溢れていた。

その結果、どうなったか。三島由紀夫がなぜあのような行動に出たのかについて、多くの説が氾濫するようになった。政治的行動だと主張する人、あるいは文学的・美学的な行為だと論じる人、さらには同性愛心中だともっともらしく言う人――多くの人がさまざまな解釈をしている。いくつもの要因が絡み合っての結果ではあろうが、結局、何が真相なのかは分からないままだ。もちろん、それぞれの人にとっては「これこそが真相だ」という説があるのだが、それを認証できる三島由紀夫がこの世にいない以上、永遠の謎となったのだ。

情報が多過ぎて、何が真実なのか分からない。

四十年前に、三島由紀夫は情報化時代を体現していたのである。

手掛かりが多過ぎて、謎が解けない――ミステリであれば、そのような状態に陥っても、名探偵が鮮やかに、たったひとつの真実を宣言するのだが、現実社会には「たったひとつの真実」など、存在しない。

あの日のことを思い出しますと、今でも情けない口惜しい思いに囚われます。歌舞伎にとっても惜しい方で、大変な才能の方でした。三島さんは不世出の名優でした。

――中村歌右衛門

# あとがき

三島由紀夫に関する本を書くので、三島作品のひとつの形式を借りてみた。戯曲『サド侯爵夫人』だ。この作品には六人の女性が登場する。というよりも、六人以外は登場しない。サド侯爵は最後まで舞台に登場しないが、六人の女性たちが彼について語るので、どんな人間なのかが分かるという仕組みになっている。それを真似て、十一月二十五日の三島の行動については、すべて登場人物の書いたものを引用するかたちで記述し、三人称としては描かなかった。したがって、読者のみなさんが読んできたのは、誰かの眼を通じての三島由紀夫でしかない。三島由紀夫の実像は本書には登場しない。これが「はじめに」に書いたトリックだ。

三島が自宅を出て市ヶ谷に着くまでの車中での楯の会の青年たちとの会話や、自衛隊に着いて東部方面総監室に入ってからの行動は、警察・検察の取調べと裁判によって、かなり克明に分かっている。それをもとに再現することは可能なのだが、あえてしなかった。類書があるのも理由のひとつだが、この本では、三島事件そのものを描くのではなく、三島事件に人々がどう反応したかを提示したかった。

*

三島由紀夫は、一般には小説家として知られていたが、作品的には、むしろ戯曲のほうが高い評価を得ていた。「三島の小説はつまらないが、戯曲にはいいものがたくさんある」と言う評論家も多い。

三島の戯曲は、当然、上演を目的として書かれたものであり、彼自身が上演にも深くかかわっていた。

自作の戯曲の上演とは別に、三島は映画俳優の仕事にも真面目に取り組んでいた。その演技は、あまり褒められることはなかったが、作家の余技というレベルを超えた努力をしていた。『薔薇刑』や幻に終わった「男の死」のような写真集も、カメラの前で演技をしているので、広義の演劇と言えるだろう。

「十一月二十五日」もまた、広義の演劇のひとつだった――という解釈も成り立つ。

舞台の人である坂東玉三郎が、三島の死の直後のインタビューで、三島がまた現れるような気がすると語ったのは、まさに舞台人としての感覚で、あの事件に接したからだろう。舞台では毎日、人が死ぬ。どんなに劇的な死でも、幕が下りれば、その役者は立ちあがる。そして翌日にはまた元気な顔でやって来る。玉三郎はそんななかで生きている人だった。

だから、三島が死んだと聞いても、その映像を見ても、あれは芝居なのではないかと感じたのではないか。

三島事件の持つ演劇性を二十歳の玉三郎は、何気なく、本質的に見抜いている。

演劇であるならば、観客が存在しなければならない。

役者と観客――そのどちらかが欠けても、演劇は成立しない。

それとは逆に、小説は、極端に言えば、ひとりも読者がいなくても成立する芸術ジャンルだ。まったく無名の青年が、発表のあてもなく、ひたすら小説を書いている話というのは、あまりにもよくある。世の中には、作者以外、誰も読まずに埋もれたままの小説は無数にあるだろう。つまり、小説というものは、作者が書き上げた段階でとりあえずは、完成する。それを発行してくれる出版社があるかないかは、別の次元の話であり、小説そのものは、出版社がなくても完成するのだ。

だが、演劇は、観客があることを前提とする芸術ジャンルである。売れない俳優や人気のない劇団はあっても、誰も観客がいない――役者たちのみしかいない空間で演じられる演劇は、ありえない（結果として、客がひとりも来ない公演はあるかもしれないが）。劇作家が、発表のあてもなく戯曲を書くことはありえるが、劇団が発表のあてもなく稽古をすることは、基本的には、ない（高校の演劇部など、アマチュアではそういうことはあるかもしれないが）。

小説家でありながら、演劇に深くかかわった三島は、その劇場での観客からの喝采という快感を知ってしまった。そして、演劇にのめりこむ。

三島には、自分の一世一代（「この世で最後」という意味）の大芝居を成立させる観客がいるとの確信があったはずだ。そして、確かに、観客は存在したのだ。

「十一月二十五日」という芝居は、ほぼ全国民を観客にさせた。

まさに、一世一代の大芝居だった。

そして、三島由紀夫は実にいい観客に恵まれた。

この本には百数十人のこの日の言動が記されているが、素晴らしい観客たちだ。興奮、驚愕、絶望、失望、感嘆、悲嘆、絶叫、唖然、愕然、反発、嫌悪、嘲笑——さまざまな反応をしている。この本にない、数千万人もの人も、何らかの反応をしたはずだ。

こんなにも多くの人の心を動かす芝居は、空前にして絶後だった。

恵まれたのは観客だけではない。メディアも大らかだった。

もし二十一世紀初頭のいまこの事件が起きたら、どうなっていただろう。

三島は事件の最中に死んでしまったが、刑法犯（監禁致傷、暴力行為、傷害、職務強要）でもあった。テレビの報道で、「作家の三島由紀夫氏」と呼ばれていたのが、途中から「三島」と呼び捨てになったことに、多くの人が違和感を抱いている（いまなら、「三島容疑者は割腹した模様であります」と、アナウンサーは言うであろう）。

朝日新聞はカメラマンが背伸びをして、両手を挙げて――つまりファインダーを覗かずにシャッターを押した写真に、偶然にも三島と森田の首が床に並んでいるのが写っていると、堂々と夕刊の一面に載せたが、いまならば載せないだろう。実際、この写真を、朝日新聞社はその後公表していない。

もしいま三島クラスの作家が犯罪性のある大事件を起こせば、その本は、即刻、発売禁止、回収になってしまうのではないだろうか。

覚醒剤を服用して逮捕されたアイドル歌手のCDは回収され、詐欺容疑で逮捕されたシンガーソングライターの楽曲はマーケットから消え、酔っ払って深夜の公園で裸になっただけで歌手・俳優はテレビに出演できなくなり、賭博をした大相撲の力士は出場できなくなる世の中なのだ。あるいは何か少しでも品質表示に問題があっただけで、その企業の食品がスーパーの店頭から姿を消す。

多分、テレビのレポーターが大手書店に取材に行き、「こんなに世間を騒がせている三島由紀夫の本を、この店では売るのですか」と詰問調で質問する。担当者はあわてて店の棚から三島の本を抜き取り、「三島由紀夫の本は社会的影響を考え、当分のあいだ販売を自粛します」と、貼り紙を掲示するだろう。

こんな時代、三島が大芝居を打っても、観客はいないような気がする。

一九七〇年だったから可能だった芝居だった。

三島由紀夫は、彼が絶賛してやまなかった中村歌右衛門についての論『六世中村歌右衛門序説』の冒頭にこう書いている。

《一つの時代は、時代を代表する俳優を持つべきである。》

そして、いまの時代は歌右衛門が代表すると三島は論を展開していく。その歌右衛門は三島を「不世出の名優」と讃える。

歌舞伎において、歌右衛門の時代があったのは紛れもない事実である。

だが、世間一般では、一九七〇年を代表する俳優は三島由紀夫だった。

歌舞伎は、歌右衛門の後、坂東玉三郎を得て、さらに市川海老蔵を得た。いまは玉三郎の時代である。近い将来は海老蔵の時代となるのは確実だ。

閉鎖された世界ゆえに、歌舞伎は「時代と俳優とが一体となる」状況が維持できているのかもしれない。

しかし、開放され尽くした日本社会総体は、すでに時代を代表する「ひとりの俳優」も、「ひとりの作家」も、持てなくなっている。

＊

私は一九七〇年には十歳。小学校四年生だった。１６０頁にある藤岡啓介は私の父だ。東京都東久留米市の東端に位置するひばりが丘団地に住み、久留米第五小学校に通っていた。学校から帰ると、母がテレビを見ていて、「ミシマサンが死んだ」と言っていたのは覚えている。橋本治の母がそうであるように、私の母も三島の知り合いでも愛読者でもないのに、「ミシマサン」と呼んでいた。家では朝日新聞をとっていたので、夕刊の首の写真は覚えている。

しかし、その晩に帰って来た父と三島の話をした記憶も、翌日、事件について学校で話した記憶もない。父が澁澤の本を作り、三島と電話で会話をしたと知るのはだいぶ後になってからだ。

小学校四年生の私は、手塚治虫と石森章太郎とシャーロック・ホームズとアルセーヌ・ルパンに夢中であり、見沢知廉のように、三島を読むほどの読書力はなかった。中学生になっても漫画とミステリとＳＦが読書の中心だった。だから、最初に読んだ三島作品は『美しい星』だった。三島が書いたＳＦだと知って、読んでみたのだ。その後、国内外のミステリの主要作品をあらかた読んでしまった後、石川達三や山崎豊子などの社会小説に移行し、三島作品も、『金閣寺』『宴のあと』『青の時代』『絹と明察』など、父が小馬鹿にしていた実際の事件をモデルにしたものを読んだ。その後、主要作品は読んだが、「三島は全部読みました」と宣言するようないい読者ではなかった。

　四十歳になってから——それは二十一世紀になってからでもあるのだが——どうも小説というものへの興味が薄れてしまった。読む本のほとんどはノンフィクション、つまりは評伝や自伝、あるいはある事件についてのドキュメントなどになった。その読書体験を通じ、一九七〇年十一月二十五日が実に多くの本に出てくることに漠然と気づいていた。三島について書かれた本の著書が、本の中で「あの事件を何歳の時にどこにいてどのように知った」と書くのは当たり前のこととして、三島とは何の関係もないような本にも、この日のことを書いたものが多かったのだ。

　そこで、そうしたエピソードを集め、あの日、さまざまな立場にいた人が、どのようにあの事件を知り、どう思い、あるいはどう行動したかをまとめたら面白いのではないかと、思い立った。所有している本をざっと見直すだけで、三十人ほどが集まった。あとは、歌舞伎の本や音楽の本を書くための資料集めで古書店をまわるたびに、一九七〇年についての記述のありそうな本も、ついでに探していった。どうにか百人の目処が立ちそうだったので、自分としては、ゴーサインを出した。できれば、事件から四十年となる二〇一〇年に出したかった。

幻冬舎で私を担当してくれている相馬裕子さんは一九七〇年には生まれていないし、新書の責任者である志儀保博さんは生まれてはいたが私より年下なので、まったく事件の記憶はないという。そして、二人とも三島の熱心な愛読者とも思えないのだが、なぜかこのテーマに興味を示してくれた。

いまの時代とは異質の熱さ——それはデタラメさでもあり、なんでも許される大らかさでもある——を感じとり、そこに面白さを予感してくれたからだろうと、勝手に解釈している。

最後に、ブレヒトの戯曲『ガリレイの生涯』（岩淵達治訳）の有名な台詞を引こう。

「英雄のいない国は不幸だ！」

「違うぞ、英雄を必要とする国が不幸なんだ」

# 登場人物及び参考文献一覧

＊本書に登場した人物を50音順にした。人名の次の数字は登場する頁（ただし、各見出しのある頁）。
＊ページの次は引用、参照した書籍、雑誌。人物と著者・執筆者が同じ場合は著者名を省いてある。
＊複数の版のあるもの、新聞・雑誌掲載後に単行本になったものもあるが、著者（中川）が実際に参照したものを掲げた。

赤木洋一 87 『「アンアン」1970』平凡社新書・二〇〇七年

芥川比呂志 154 〈ショックでだめになったけいこ〉「週刊読売」一九七〇年十二月十一日号

浅田次郎 228 『ひとは情熱がなければ生きていけない――勇気凜凜ルリの色』講談社文庫・二〇〇七年

浅利慶太 181 〈まだ仕事が残っていた〉「週刊現代」一九七〇年十二月十二日臨時増刊号／〈けいこ場にて〉『浅利慶太の四季　著述集2　劇場は我が恋人』慶應義塾大学出版会・一九九九年

安部譲二 146 『絶滅危惧種の遺言』講談社文庫・二〇〇九年

有吉佐和子 245 『有吉佐和子とわたし』丸川賀世子著・文藝春秋、一九九三年

池田満寿夫 247 『日付のある自画像』講談社・一九七七年

池部良 124 『映画俳優　池部良』志村三代子・弓桁あや編・ワイズ出版・二〇〇七年

石原慎太郎 180・186・266 『国家なる幻影――わが政治への反回想』文藝春秋・一九九九年

五木寛之 258 『ゴキブリの歌』〈ある冬の一日〉毎日新聞一九七〇年十二月十三日

井出孫六　41・100　『その時この人がいた――昭和史を彩る異色の肖像37』毎日新聞社・一九八七年
石川達三　168　『流れゆく日々　I』新潮社・一九七一年
入江相政　140　『入江相政日記　第八巻』朝日文庫・一九九五年
内田雅敏　174　『在日からの手紙』姜尚中との共著・太田出版・二〇〇三年
永六輔　252・260　『昭和――僕の芸能私史』朝日新聞社・一九九九年
榎本了壱　241　『東京モンスターランド――実験アングラ・サブカルの日々』晶文社・二〇〇八年
円地文子　59・88　〈響き〉「新潮」一九七一年二月特大号
大江健三郎　248・269　〈シンガポールの水泳〉「群像」一九七一年二月号／『「最後の小説」』講談社・一九八八年
大岡昇平　137　『大岡昇平・埴谷雄高　二つの同時代史』岩波書店・一九八四年
大下英治　62・81　『トップ屋魂――週刊誌スクープはこうして生まれる！』ＫＫベストセラーズ・二〇〇九年
大島渚　43・141　〈優越感の塊〉「諸君！」一九九九年十二月号
太田薫　195　朝日新聞一九七〇年十一月二十六日朝刊
大宅壮一　114　〈裸の大宅壮〉「現代」一九七一年一月号
奥野健男　19・26・208・234　『三島由紀夫伝説』新潮社・一九九三年
小澤征爾　91　『音楽』武満徹との共著・新潮社・一九八一年
鹿島茂　201　〈三島由紀夫の「匂い」〉坪内祐三・福田和也との鼎談・「諸君！」一九九九年十二月号
勝新太郎　177　〈あの人はもういない〉座談会「週刊現代」一九七〇年十二月十二日臨時増刊号

亀山郁夫　56　『ドストエフスキーとの59の旅』日本経済新聞出版社・二〇一〇年
唐沢俊一　212　『昭和ニッポン怪人伝——日本の黄金時代をつくったライバルたち』ソルボンヌK子との共著・大和書房・二〇〇九年
川端康成　179・186　〈三島由紀夫〉「新潮」一九七一年一月号
菅伸子　209　『あなたが総理になって、いったい日本の何が変わるの』幻冬舎新書・二〇一〇年
久世光彦　182　『冬の女たち——死のある風景』新潮社・二〇〇二年／『時を呼ぶ声』立風書房・一九九九年／〈もうひとつの敗戦の日〉「諸君!」一九九九年十二月号
倉橋由美子　47・83　〈英雄の死〉「新潮」一九七一年二月特大号
倉本聰　182　〈もうひとつの敗戦の日〉久世光彦著・「諸君!」一九九九年十二月号
呉智英　118　『健全なる精神』双葉社・二〇〇七年
小島喜久枝(千加子)　17・28・48・79・240　『三島由紀夫と檀一雄』ちくま文庫・一九九六年
児玉隆也　235　『無念は力——伝説のルポライター児玉隆也の38年』坂上遼著・情報センター出版局・二〇〇三年
後藤田正晴　49　『後藤田正晴——異色官僚政治家の軌跡』保阪正康著・文藝春秋・一九九三年
佐々淳行　37・79　『連合赤軍「あさま山荘」事件』文藝春秋・一九九六年
佐藤栄作　30・39・84・140　『佐藤榮作日記』朝日新聞社・一九九七〜九九年
佐藤寛子　96　『佐藤寛子の「宰相夫人秘録」』朝日新聞社・一九七四年
佐野眞一　75・240　『カリスマ——中内㓛とダイエーの「戦後」』日経BP社・一九九八年／〈小便横丁で〉「諸君!」一九

九九年十二月号

椎名誠　148・233　『本の雑誌血風録』朝日新聞社・一九九七年

椎根和　85・223　『平凡パンチの三島由紀夫』新潮社・二〇〇七年

篠山紀信　198　〈存在感獲得への熱望〉高橋睦郎・『続三島由紀夫が死んだ日』中条省平編・監修・実業之日本社・二〇〇五年

司馬遼太郎　262　〈異常な三島事件に接して〉「毎日新聞」一九七〇年十一月二十六日

澁澤龍彦　157　『三島由紀夫おぼえがき』中央公論社・一九八六年

島桂次　142　『シマゲジ風雲録——放送と権力・40年』文藝春秋・一九九五年

清水義範　255　『青二才の頃——回想の'70年代』講談社文庫・二〇〇三年

昭和天皇　30・140　『入江相政日記　第八巻』朝日文庫・一九九五年

杉村春子　144　『女優　杉村春子』大笹吉雄著・集英社・一九九五年／『芝居の道——文学座とともに六十年』戌井市郎著・芸団協出版部・一九九九年

鈴木邦男　166　『新右翼——民族派の歴史と現在』彩流社・二〇〇五年

鈴木則文　154・230　〈仮説・兄弟仁義〉「映画芸術」一九七一年二月号

関川夏央　203　『昭和時代回想』集英社文庫・二〇〇二年

瀬戸内晴美（寂聴）　27・104　〈奇妙な友情〉「群像」一九七一年二月号／『奇縁まんだら』日本経済新聞出版社・二〇〇八年

高橋睦郎　116・198・210　〈存在感獲得への熱望〉『続三島由紀夫が死んだ日』中条省平編・監修・実業之日本社・二〇〇五年

竹中労 64・251 『竹中労行動論集　無頼と荊冠』三笠書房・一九七三年

竹永茂生 199 『あの頃の君。——団塊世代　懐かしの風物誌』読売新聞社・一九九四年

武満徹 91 『音楽』小澤征爾との共著・新潮社・一九八一年

伊達宗克 15・22・31・36・38・142 〈私だけが知っている死の真相〉「週刊現代」一九七〇年十二月十二日臨時増刊号

田中角栄 39・235 『田中角栄失脚』塩田潮著・文春新書・二〇〇二年／『無念は力——伝説のルポライター児玉隆也の38年』坂上遼著・情報センター出版局・二〇〇三年

田母神俊雄 193 『自衛隊風雲録』飛鳥新社・二〇〇九年

丹阿弥谷津子 182 『冬の女たち——死のある風景』久世光彦著・新潮社・二〇〇二年

中条省平 185 『三島由紀夫が死んだ日』中条省平編・監修・実業之日本社・二〇〇五年

辻邦生 171 〈悲劇の終末〉「新潮」一九七一年二月特大号

堤清二 45・78・207・242 『叙情と闘争——辻井喬＋堤清二回顧録』中央公論新社・二〇〇九年

鶴田浩二 110 『父・鶴田浩二』カーロン愛弓著・新潮社・二〇〇〇年

出久根達郎 172 『作家の値段』講談社・二〇〇七年

寺山修司 199・241 『虚構地獄寺山修司』長尾三郎著・講談社・一九九七年

徳岡孝夫 14・23・29・31・36・38・54・66・262 『五衰の人——三島由紀夫私記』文藝春秋・一九九六年

ドリフターズ 150 〈ドリフターズと私の場合〉渡辺祐介著・「映画芸術」一九七一年二月号

中曽根康弘 40・134・244 『天地有情——五十年の戦後政治を語る』文藝春秋・一九九六年

仲代達矢　178　『幻を追って――仲代達矢の役者半世紀』高橋豊著・毎日新聞社・一九九八年

中村彰彦　165　『烈士と呼ばれる男――森田必勝の物語』文藝春秋・二〇〇〇年

中村歌右衛門　176　〈三島歌舞伎の世界〉インタビュー『芝居日記』三島由紀夫著・中央公論社・一九九一年

中村勘三郎　242　〈〝馬鹿〟の一流品・中村勘三郎〉草柳大蔵著・「文藝春秋」一九七一年二月号

永山則夫　41・255　『人民をわすれたカナリアたち』辺境社・一九七一年

西尾幹二　119　『三島由紀夫の死と私』ＰＨＰ研究所・二〇〇八年

野坂昭如　70　〈わが三島体験〉「オール讀物」一九七一年新春号

野田秀樹　161　〈走り高跳びしてました〉「文學界」二〇〇〇年十一月号

野平健一　100・271　『矢来町半世紀――太宰さん三島さんのこと、その他』新潮社・一九九二年

橋本治　98　『「三島由紀夫」とはなにものだったのか』新潮社・二〇〇二年

萩原朔美　241　『東京モンスターランド――実験アングラ・サブカルの日々』榎本了壱著・晶文社・二〇〇八年

花村萬月　222　〈記憶と物語〉「文學界」二〇〇〇年十一月号

早坂茂三　39・235　〈「バカモン」と角栄〉「諸君！」一九九九年十二月号

坂東玉三郎　261　〈おっとり海老さま　キャッキャッ玉ちゃん〉土岐迪子「演劇界」一九七一年一月号

平岡梓　55・73・242　『伜・三島由紀夫』文藝春秋・一九七二年

福田恆存　152・257　〈覚書　六〉『福田恆存評論集　第十二巻』麗澤大学出版会・二〇〇八年

藤井浩明　90　〈映画「憂国」の歩んだ道〉『決定版三島由紀夫全集　別巻』新潮社・二〇〇六年

藤岡啓介 160 『滞欧日記』澁澤龍彦著・河出文庫・一九九九年

藤(富司)純子 230 〈仮説・兄弟仁義〉鈴木則文著・「映画芸術」一九七一年二月号

保阪正康 123 『三島由紀夫と楯の会事件』角川文庫・二〇〇一年

細江英公 225 〈誠実なる警告〉『続三島由紀夫が死んだ日』中条省平編・監修・実業之日本社・二〇〇五年

舛添要一 201 〈文学と政治〉「諸君!」一九九九年十二月号

松任谷由実 57 『松本隆対談集 KAZEMACHI CAFÉ』ぴあ・二〇〇五年

松本健一 108 『一九七〇・一一・二五とは何だったのか』安彦良和との対談「文藝別冊 三島由紀夫」二〇〇五年

松本隆 57 『松本隆対談集 KAZEMACHI CAFÉ』、ぴあ・二〇〇五年

丸山(美輪)明宏 195 『オーラの素顔——美輪明宏のいきかた』豊田正義著・講談社・二〇〇八年

丸山健二 60・73 〈小説家が作品の前に躍り出るとき〉「新潮」一九七一年二月特大号

見沢知廉 253 〈勝利のための自害〉「諸君!」一九九九年十二月号

美空ひばり 257 『ひばり自伝——わたしと影』草思社・一九八九年

宮崎学 64・163 『突破者——戦後史の陰を駆け抜けた五〇年』南風社・一九九六年

村上春樹 203 『羊をめぐる冒険』講談社・一九八二年

村上兵衛 112 『昨日の歴史——大宅壮一と三島由紀夫の生と死』光人社・二〇〇〇年

村上龍 109 〈三島由紀夫没後三十年に思うこと〉「新潮」二〇〇〇年十一月臨時増刊号

村田英雄 24・95 〈衝撃の割腹事件 その新事実〉「週刊平凡」一九七〇年十二月十日号

村松英子 106・208 『三島由紀夫　追想のうた――女優として育てられて』阪急コミュニケーションズ・二〇〇七年

村松剛 224 『三島由紀夫の世界』新潮社・一九九〇年

村松友視 117・191 『夢の始末書』角川書店・一九八四年

目黒考二 233 『本の雑誌血風録』椎名誠著・朝日新聞社・一九九七年

森巣博 174 『ナショナリズムの克服』姜尚中との共著・集英社新書・二〇〇二年

森村誠一 62・81 『トップ屋魂――週刊誌スクープはこうして生まれる』大下英治著・KKベストセラーズ・二〇〇九年

矢代静一 97 『旗手たちの青春――あの頃の加藤道夫・三島由紀夫・芥川比呂志』新潮社・一九八五年

安彦良和 213 〈一九七〇・一一・二五とは何だったのか〉松本健一との対談「文藝別冊　三島由紀夫」二〇〇五年

山口基 89 〈わが心の三島由紀夫〉「浪曼」一九七二年十二月号

横尾忠則 76・210 『病の神様――横尾忠則の超・病気克服術』文藝春秋・二〇〇六年／『インドへ』文藝春秋、一九七七年

吉村千穎 60・136 『終りよりはじまるごとし――1967〜1971編集私記』めるくまーる・二〇〇九年

吉行淳之介 120 『一種の焼身自殺と見る』「週刊現代」一九七〇年十二月十二日臨時増刊号

四方田犬彦 114 『ハイスクール１９６８』新潮社、二〇〇四年

若尾文子 122 〈あの人はもういない座談会〉「週刊現代」一九七〇年十二月十二日臨時増刊号

渡辺祐介 150 〈ドリフターズと私の場合〉「映画芸術」一九七一年二月号

# その他の参考文献

『決定版　三島由紀夫全集』新潮社、二〇〇〇〜〇六年
『三島由紀夫「日録」』安藤武著・未知谷・一九九六年
『総括　三島由紀夫の死』奈須田敬著・原書房・一九七二年
『裁判記録「三島由紀夫事件」』伊達宗克著・講談社・一九七二年
『年表作家読本　三島由紀夫』松本徹編著・河出書房新社・一九九〇年
『資料三島由紀夫』福島鋳郎著・朝文社・一九八九年
『三島由紀夫の死』朝日ソノラマ臨時増刊・一九七〇年十二月二十日
『日本の危機管理』宇田川信一著・鳥影社・二〇〇四年
『メディアの興亡』上・下巻・杉山隆男著・文春文庫・一九九八年
『サンデーとマガジン――創刊と死闘の15年』大野茂著・光文社新書・二〇〇九年
「新潮」一九七一年一月臨時増刊「三島由紀夫読本」／一九七一年二月号「三島由紀夫追悼特集」／二〇〇〇年十一月臨時増刊号
「群像」一九七一年二月号「特集　三島由紀夫　死と芸術」

「文學界」一九七一年二月号「特集三島由紀夫」／二〇〇〇年十一月号「特集三島由紀夫」
「文藝」一九七一年二月号「三島由紀夫特集」
「諸君！」一九七一年二月号「総特集　三島由紀夫の死を見つめて」／一九九九年十二月号「特集　三島事件」
「現代」一九七一年一月号
「流動」一九七一年一月号
「文藝春秋」一九七一年二月号／二〇〇五年六月号
「新評」一九七一年一月臨時増刊「全巻　三島由紀夫大鑑」
「映画芸術」一九七一年二月号
「浪曼」一九七二年十二月号／一九七三年十二月号
「週刊現代」一九七〇年十二月十日号／一九七〇年十二月十二日増刊「三島由紀夫緊急特集号」
「サンデー毎日」一九七〇年十二月十三日号
「週刊新潮」一九七〇年十二月十二日号
「週刊読売」一九七〇年十二月十一日号
ほかに、当時の新聞、雑誌多数。

# 著者略歴

## 中川右介《なかがわゆうすけ》

一九六〇年生まれ。編集者、文筆家。

早稲田大学第二文学部卒業後、クラシック音楽・歌舞伎を中心に、膨大な資料を収集し、比較対照作業から見逃されていた事実を再構築する独自のスタイルで精力的に執筆。

『坂東玉三郎』『十一代目團十郎と六代目歌右衛門』『カラヤンとフルトヴェングラー』『松田聖子と中森明菜』（以上、幻冬舎新書）、『歌舞伎座物語』（ＰＨＰ研究所）、『大女優物語』（新潮社）など著書多数。「クラシックジャーナル」編集長、出版社「アルファベータ」代表取締役編集長でもある。

現在では幻の本となっている三島由紀夫が序文を書いた澁澤龍彦訳『マルキ・ド・サド選集』を発行した彰考書院の三代目にあたる（同社は倒産）。

幻冬舎新書 184

# 昭和45年11月25日

## 三島由紀夫自決、日本が受けた衝撃

二〇一〇年九月三十日 第一刷発行
二〇二〇年十月二十日 第四刷発行

著者 中川右介

発行人 見城 徹
編集人 志儀保博
発行所 株式会社 幻冬舎
〒一五一-〇〇五一 東京都渋谷区千駄ヶ谷四-九-七
電話 〇三-五四一一-六二一一(編集)
〇三-五四一一-六二二二(営業)
振替 〇〇一二〇-八-七六七六四三
ブックデザイン 鈴木成一デザイン室
印刷・製本所 中央精版印刷株式会社

検印廃止
万一、落丁乱丁のある場合は送料小社負担でお取替致します。小社宛にお送り下さい。本書の一部あるいは全部を無断で複写複製することは、法律で認められた場合を除き、著作権の侵害となります。定価はカバーに表示してあります。
©YUSUKE NAKAGAWA, GENTOSHA 2010
Printed in Japan ISBN978-4-344-98185-0 C0295
な-1-7
幻冬舎ホームページアドレス https://www.gentosha.co.jp/
*この本に関するご意見・ご感想をメールでお寄せいただく場合は、comment@gentosha.co.jpまで。